竹王传奇

「秘象贵州」系列丛书

梁雪华◎著

贵州出版集团
贵州人民出版社

本书获2013年贵州省出版发展专项资金资助

图书在版编目（CIP）数据

竹王传奇 /《“秘象贵州”系列丛书》编委会编著. — 贵阳：贵州人民出版社，2014. 5

（“秘象贵州”系列丛书）

ISBN 978-7-221-11961-2

Ⅰ. ①竹… Ⅱ. ①秘… Ⅲ. ①长篇小说－中国－当代 Ⅳ. ①I247.5

中国版本图书馆CIP数据核字（2014）第081882号

竹王传奇

《“秘象贵州”系列丛书》编委会 / 编

梁雪华 / 著

责任编辑 蒋 莉 谭家平

装帧设计 陈红昌

出版发行 贵州人民出版社

地　　址 贵阳市中华北路289号（邮编：550004）

印　　刷 贵阳海印印刷有限公司

版　　次 2014年7月第1版

印　　次 2014年7月第1次印刷

印　　张 12.5

开　　本 787mm×1092mm 1/16

书　　号 978-7-221-11961-2

定　　价 32.00元

关于竹王的最后一个传说

从那一刻开始

是否很漫长

然而

直到现在

牂牁江畔的小船啊

依然摇曳在如画的诗卷中

在《史记》里　咿呀作响

“金角，你还好吗……”一名男子仰起头来，大声呼喊。他眼前的山峰一如既往的冷若冰霜，这山，其实是一座监牢。

阳光下，那山尖画满神秘字符的封条散发出道道金光，晃得人睁不开眼睛。

“金角，你还好吗……”男子撕心裂肺的喊声惊得胯下的白马仰天悲鸣，连那山都似乎抖了抖。

又似乎没有一丝儿动静，牂牁江，依然像一条碧绿的绸带；天空蔚蓝，飞过一群群依然自由的鸟儿。

那男子失望至极，难过地低下头去。痛苦，还有那无边的怒火咬啮着他的心，他抽出腰间的剑，直指苍天！

“你这老天，为何言而无信？我竹郎已经实现了自己的诺言！”他的双眼几乎要喷出怒火。

“轰隆隆……”突然，天边响起滚滚雷声，由远而近，如同巨大的车轮从空中碾过。

一道霹雳，大地为之震颤！

多年前，洪水滔天。

年幼的竹郎被洪水吞没。

等他醒来时，却发现自己在空中飞行！

确切地说，他发现自己骑在龙背上！

竹郎吓得昏了过去。

再次醒来，他竟看见一缕金色的阳光！多么宝贵的阳光啊！竹郎多想拥抱那阳光！可是不行，自己浑身没有一点儿力气。

“竹郎！你醒了，太好啦！”原来是阿金。见竹郎醒来，阿金一脸喜色。

“哦，阿金，是你救了我！谢谢你！”竹郎猛然想起那条驮着自己的龙。

“不，我能帮你的太少。”阿金一脸惭愧。

“啊！我阿妈，云师父他们，还有乡亲们……”竹郎猛然坐起来，一把抓住阿金的手，“阿金，求求你，救救他们吧！”

“这——”阿金面有难色。

“求求你，阿金！”竹郎恳求道。

“好吧！”望着远处苍茫的洪水，阿金咬了咬嘴唇。

“如果，”阿金开玩笑似的看着竹郎，“如果我回不来，你一定要救我啊！”

瞬间，阿金化作一条龙，飞入云端。接着，在洪水上空盘旋飞舞，一颗夺目的龙珠发出七彩瑞霭。

金龙盘旋处，水位渐渐下降，水面上渐渐露出一座座山头，一片片土地。

终于，洪水退去。

竹郎惊喜地看着一切，可还没等他说出感谢的话，一座大山便从天而降，将阿金压在山底，以山崩地裂之势。

“阿金……”竹郎不顾一切冲过去，却是徒然。因为，他看见两个金甲神。

“站住！你是谁？”

“我找我的朋友阿金！”

“阿金！”其中一个神撇了撇嘴，“你说的是金角吧！”

“是，是的。你们为什么要把他压在山下？”

“为什么？因为他犯了天条！”金甲神很不耐烦。

竹郎倚在一块石头边，哭喊着阿金的名字。

“金甲神，求求你告诉我，我要怎样才能救阿金？”竹郎急切地抓住金甲神的手臂。

“救？凭你？”金甲神不屑地哼了哼，“除非、除非牂牁江边不再有争斗……”

——除非牂牁江边不再有争斗。

是的，这牂牁江边各部落之间的争斗似乎从未停止，就这样斗来斗去不知过了多少年，多少代。

而洪水滔天，是否竟是天意？

竹郎轻叹了口气，与此同时，一个决定就此生根。

尽管他知道，若要到达理想的山巅，需要一步步去丈量。

而此刻，男子惊奇地看见，那金色封条竟从空中旋转而下，绕山数匝后，化作一瓣瓣洁白的莲花，落入了牂牁江中。金光点点处，那莲花瓣竟化作了一群群金色的鱼儿，在江中自由自在地穿梭遨游。

“轰隆隆……”紧接着，天空中下起一阵奇妙的雾雨，雾雨缭绕处，满山杜鹃齐放，红、白、粉、黄……眼花缭乱之时，一条金龙腾空而起！

“金角……”男子欣喜万分，眼角泛起泪花。

那金龙直上云天，朝男子点头，遥遥致意，转瞬间便消失在云端。

“竹王！”

“竹王！”

人们目睹金龙现身，发出阵阵惊呼，不由自主跪拜在男子脚下。

很多年后。

番禺。

一名着汉装的官员，正同番禺当地的官员一起饮酒。

“真是美味呀！这可是你们当地出产？”官员端起手中的类似饮料的红色液体一饮而尽。

“这是蒟酱，大人若是喜欢，我吩咐下人多给大人带上几瓶。”

“蒟酱？”

“这蒟酱嘛，是那些商人经夜郎水路千里迢迢贩运而来。”

“夜郎？水路？”那名大臣眉头一皱，不由陷入深思。

长安。

汉朝的皇帝坐在高高的宝座上。

“传，唐蒙！”

“传，唐蒙！”

一名大臣一步步走上前来，正是那位出使番禺的大臣。

“唐蒙，前几日，你给朕上疏，说有一个夜郎国？不知夜郎国在何方何处？”皇帝问。

“禀皇上，据说夜郎国乃是竹王后裔所建。其国都临牂牁江，江广百余步，足以行船。”

“哦，原来是一个不起眼的小国。”皇帝不以为然。

“皇上，切莫小看这夜郎国。从夜郎水路，可直达南越国都番禺。近来，南越国屡次不服约束，我们，何不利用夜郎之便呢？”

“嗯。”皇帝一番沉吟，点了点头。

公元111年，汉朝派唐蒙向夜郎国借兵十万，同时从牂牁水路进发，偷袭南越国，南越国灭亡。汉朝封夜郎侯为夜郎王，将其属下的夜郎国称为牂牁郡。在扩大汉朝疆土的同时，实现了这片土地与中央的统一。

关于竹王的第一个传说

不要问我从哪里来

因为

我只是一粒尘埃

更不要问我往何处去

我的魂魄

伴着牂牁江水

夜夜　归来

道生一，一生二，二生三，三生万物。

这一夜，月明如昼。

山路上，一个女子紧紧抱着怀中的大竹筒，光着脚，忘记了荆棘与石头的刺痛，在山路上狂奔。

没有谁能够理解，这个年轻美丽的女子为何要投江自尽。

可是，她必须要这样做！

唯一割舍不下的，是孩子。就在孩子降生之前，她做了一个梦，梦见一只金色的大鹏落在自己怀中，可还没来得及将这个梦告诉任何人，就听说洛姆人打来了，整个金竹部落变成了一片火海……

跑到江边，她站住了，将自己苍白的脸庞紧贴孩子——不，确切的说是紧贴住那节竹筒，用自己冰冷的唇哆哆嗦嗦地吻着。竹筒里藏着的孩子没哭，她凄然一笑。真的，这孩子没哭，诚如她祷告的那样，不然，身后紧追不舍的那帮强盗怎会放过这刚出生的小生命。

“追呀！不能给金竹部落留下活口！”身后马蹄声得得作响，间杂着急迫的呼喝。

“孩子，咱们和你爹一道去吧！”月光下，两行清泪汩汩而下，女子抱着大竹筒，平静地说完这句话，纵身一跃，投江而去。追兵赶来，唯见那江涛滚滚，传来敲击岸边的岩石发出的阵阵轰响，不由面面相觑。

“慢了一步！”

“算了吧，反正金竹部落归咱们了！哈哈哈……”

女子漂到江心，多想再看孩子一眼，可是，她觉得自己的手越来越僵硬，身子越来越沉，越来越沉……

“孩子，我的孩子，我的……孩子……”终于，她依依不舍地松开了竹筒，永远留在了牂牁江底。而那竹筒漂浮在波涛汹涌的江面上，时沉时浮、时隐时现，漂向那不可知的远方……

“砰——砰砰”，远处有捣衣棒捶打衣裳的声音。

这一日，一个姑娘在水边浣洗衣裳。此刻她累了，直起腰来舒展一下身子，忽然，她听到一阵婴儿的哭声。

“咦？”姑娘惊诧地四处张望，并没有发现什么。她以为自己听错了，又继续弯下腰去。

“哇……哇……”

这回没错，姑娘听得很清楚，的确是婴儿的哭声。可是，她前前后后寻遍了草丛，也没看见有小孩子，心头充满了疑惧。

“奇怪，莫非我听错了？没有啊，的的确确是婴儿的哭声啊。”她自言自语。

“哩——哩……”天空中突然传来几声嘹亮的鸟叫，直透云霄。姑娘仰头一看，只见两只白鹤从远处飞来，大大的翅膀忽闪着，就像两把大伞。奇怪的是，那白鹤飞得不紧不慢，不高不低，就在江面上徘徊，好像保护着水面上的什么东西。

满腹疑惑的姑娘揉了揉眼睛，忍不住“啊”的叫出声来。因为她终于看清，那两只白鹤保护着一节大竹筒顺流而来，而那婴儿的哭声正是从那儿发出来的。姑娘惊吓不已，连衣服也顾不得了，转身朝岸边跑去。可是，一阵婴儿的哭声又传入耳畔。

“这孩子的哭声怎么如此可怜啊，就像透着天大的委屈。”天性善良的姑娘终于顾不得害怕，转身往回跑，从水里捞出那竹筒，将竹筒紧紧抱在胸前。说来奇怪，婴儿的哭声戛然而止，而那两只白鹤也似乎通灵，绕着姑娘飞了几圈后一声长唳，飘然飞去。

姑娘将大竹筒放在盆中，上面胡乱盖几件衣服，不歇气地往家跑。

此刻的姑娘，心怦怦直跳，将竹筒抱出来，飞快地解开捆缚的绳索，一瞬间，她呆住了：只见一个婴儿安然睡在其中，白白胖胖，可爱至极。她小心翼翼地将他抱出来，这时，从襁褓中掉下一块绢帕。越娘捡起来一看，只见上面密密麻麻地写满了字，她仔细读着，不知不觉，已经满脸是泪。

“可怜的孩子！”她喃喃说道，将孩子紧紧抱在怀中。

这以后，牂牁部落的人都在传说一个神奇的故事，说的是：他们部落里的一个姑娘在河边洗衣服，突然从上流漂来一节大竹，姑娘推之再三不去，一怒之下，剖开竹子，只见里面有一男婴……

“兴许是那竹子成了精也不一定！”

“也许是个妖怪呢！”

人们议论纷纷，反正，没有谁认为这孩子是娘生父母养的。

其实，虚无一气，化生阴阳，万物之生，乃阴阳为之生。不要说人，就是一只蚂蚁，也是娘生父母养的。

终于，姑娘长长地吁了口气。这样一来，就不怕孩子的仇家找上门来了。

关于竹王的第二个传说

为了一个理想
跋涉　跋涉
引领他的
是北斗星的光
满是爱呵
化解了人间的冰与霜
于是　心灵之光
在北斗星之上

有一个人尽皆知的故事，那就是毛毛虫过河。

毛毛虫一直很郁闷，眼前的滔滔河水咋就非和我过不去呢？怎样过河，才能到达河对岸那繁花似锦的乐土？

不容它多想，它全身无法抑制地开始绷紧，接着是撕心裂肺的痛。蜕皮，蜕皮是它的天命。

疼，痛……

数次蜕变后，终于化蝶。

它的双翼之美，之轻盈，轻轻一扇，如同一抹绚丽的烟痕，只是在河面上一闪，它就到达了河对岸，到了那繁花似锦的乐土。

是的，一个生命的成长是件不容易的事情。

阳光普照。

森林里的树很多，然而能成为大树的并不多。因为，只有一部分树明白站直了才是树的本分。

竹王究竟是如何成之为竹王的？好像，也有一个传说——

满天繁星之下是空旷的空空谷。一阵夏夜的风吹来，九真仙师的白色长袍白色胡须拂过少年竹郎的面颊，痒痒的。他想避开，又不敢。在他眼里，师父九真的威严令他仰崇敬万分，不敢有丝毫懈怠。

“竹郎，你看那里……”

顺着九真手指的方向，竹郎看见了天上七颗格外明亮的星星，那七颗星星组成了一把大大的勺子，只不过，勺柄指向南方。

“那是北斗星。”

“真是奇怪，它的形状就像一把勺子。”

“勺子？呵呵，说起来，还有一个故事哩……”

大地龟裂，四野茫茫。

“老天爷，求你下点雨吧！”一群衣衫褴褛的男女老幼手里捧着锅碗瓢盆之类，祈祷上天。可是，天空中并不见一点儿动静。

“阿妈，阿妈……”一个五六岁的小男孩使劲儿摇着病榻上的昏昏欲睡的母亲，“阿妈你醒醒，你醒醒啊！”

“我，我真的好渴呀。”阿妈睁开眼睛，困难地说。

“阿妈，你让我怎么办呐，到处都没有水啊！”小男孩哭都哭不出来。

“唉！老天爷再不开恩的话，咱们就只有等死啦。”

“阿妈，我不要你死，我不要你死。”说完，小男孩拎起一个小木桶朝门外跑去，“我要求老天下雨，我要我的阿妈……”

小男孩踉踉跄跄地跑着，他不知道该去哪里：原来生机勃勃的村庄变得一片死寂，连个人影也看不到。他猛然抬头，明晃晃的太阳晒得他眼睛发花。“你这该死的太阳，都是你害得我们没有水喝，我恨你、我恨你！”还不解气，又捡起一块块石头朝天上扔去，“我恨你，我恨你！”

许久，小男孩累了，后来他迷迷糊糊的，竟然靠着一棵枯树睡着了。

“你胆子不小，竟敢搬石头砸天！”金光一闪，小男孩看见一只怪鸟。这怪鸟像乌鸦，却长着三只脚。

“能怪我吗？我阿妈都快被渴死了。”

“你阿妈？对于你来说她是不是很重要？”

“当然重要！”

“这、这是不是说明你很有孝心啊？”怪鸟嘎嘎地自言自语，一边用它的长喙梳理着自己乌黑油亮的羽毛。“不过，我倒是听说孝顺是极宝贵的美德。”

小男孩听不懂怪鸟的话，只好干瞪眼，任它一直说下去。

“这样好了，看在你孝顺的份上，我不和你计较。我可以送给你一桶水，条件是你不许再用石头砸我……”说完，怪鸟不见了。

小男孩伸了伸懒腰，从梦中醒来，他很奇怪刚才的梦，不过，令他更惊异的是，他面前的水桶里，竟装满了清亮的水。

“水！”小男孩简直要跳起来，他自己很渴，特别是看到眼前那满桶的清水，他觉得自己渴得更厉害了。不过，他还是提起水桶飞快地往家跑。原来，他最先想到的，是自己的阿妈。

快到家门口的时候，他看见路旁干涸的河床边居然有一条没死的鱼，嘴巴一张一合。“唉，真可怜。”小男孩将那鱼放在一个小坑里，倒了些水进去，鱼立刻游动起来。

“活喽，活喽！”小男孩拍着手跳起来。

“孩子，你可回来了。”阿妈的声音听起来就像是在喘息。

小男孩顾不上回答，赶紧舀了一瓢水递给阿妈。

“孩子，你喝了吗？”

“哦，我、我喝过了。”

阿妈眼里一下子发出光彩，接过水瓢咕嘟咕嘟地喝起来。

“这下好了，我的孩子，你在哪里找到的水？”

“我，我也说不清楚……”

“我的傻孩子！那么，村子里的人都找到水了吗？”

“不知道，村子里连人影都看不见。”

“该不是都渴得倒下了吧？孩子，咱们应该把水分一些给乡亲们……”

“阿妈，你是说，把水分给别人？”

“当然，即使是一口水也可以救命的。快去吧，孩子。”

小男孩于是提着水桶，拿着瓢，出了门。

听到消息，人们从四面八方赶来，接受小男孩的水。可奇怪的是，桶里的水虽然一瓢一瓢往外舀，但总不见少。而后来，奇迹在一瞬间发生了：从桶里涌出一股巨大的水流，哗哗流淌。

“啊，泉水，泉水！”人们欢呼雀跃。

水源源不断地涌出来，滋润了大地。庄稼复活，小草返青……

夜晚，欣喜若狂的人们燃放礼花庆祝，村子重新充满了欢声笑语，恢复生机。

小男孩拿着瓢，呆呆地看着这生机勃勃的一切。突然，他流泪了，泪珠滴落在瓢里，一颗又一颗……眼泪渐渐从瓢里升起，升起，连同那瓢，也越升越高，一直升到了天上。终于，在璀璨的星河里闪烁，幻化成北斗七星……

“后来呀，迷路的人们在夜里，总是依据北斗星的指向来判断季节和方向。春天，它的柄指向东方；夏天，指向南方；秋天，指向西方；而冬天，指向北方。”

“只是因为，北斗星具备了仁爱的力量。”

“仁爱？”

“当一个人的爱心放大的时候，就是仁爱。也只有这样的爱，才是无私的；也只有这样的爱，才能化解所有的痛苦与忧伤。”九真说着，拿过竹郎的柳叶短剑，只见那剑闪着寒光。

“师父，我明白了，您是在教我怎样做人。”

“不错，当你手里拿着一把剑的时候，你肯定想到的是如何置对手于死地，”九真看了一眼竹郎，“对不对？”

“是的。”竹郎答道。

“剑之所至，对手应声倒地，许多人认为，这是剑术所要达到的目的，想来，你也是这样认为？”

“是，师父，徒儿练剑的时候一直都在想如何将对手击倒。”

“呵呵呵，如是这样，和斗鸡又有什么区别呢？”九真笑了。

“这……”竹郎一时怔住，无语。

“‘十步杀一人、千里不留行’，只是斗鸡之辈，真正的剑术，是想着如何使对方心服口服，而不是将对方打倒。当你遵循了事物发展的规律而去驾驭你的剑，当你靠仁爱来驾驭你的剑，那么，你的剑才会所向披靡，上可割裂浮云，下可斩断地纪！”

在这浩瀚的星空下，他要将师父的话语牢牢记在心里，关于北斗星，关于仁爱。

北斗星，

你，高悬苍穹，

为人们指引方向。

你的光里，满是爱啊，

黑夜里，温暖一双双寂寞的眼睛，

不再孤独，不再凄清。

——黑夜里，唯有北斗星熠熠生辉。

竹王传说·母亲(之一)

全世界的花儿都谢了

虽然　也曾经

含羞回眸　百媚生

也曾经

情深似酒　醇香浓

天空中飘来一丝云。

这云镶着金边，不过瞬间就被风吹散了。

“眼见得有点要下雨的意思，唉！”抬起明媚的双眸，越娘自言自语，额头上沁出细密的汗珠。

话音未落，天边又飘来一团云。

这云镶着金边。

有风来，而云不动。

天边渐渐涌起云团，都镶着金边。

天色暗了下来。

终于，电闪雷鸣，雨水畅快淋漓洒向大地。

“下雨啦，太好啦！”越娘高兴得手舞足蹈……一不小心，差点从床上滚落下来，原来，刚才的一切竟是梦境。

“烦死了！”黑暗中传来妹妹花娘厌恶的声音。

自从收养了竹筒里的孩子，越娘明显感到不对劲。到底哪儿不对劲儿？说不清楚。她摇了摇头，“也许是我自己过于多心了吧！”

阳光火辣辣的，晃得人睁不开眼睛，天空中没有一丝云，也没有一丝风。整个牂牁部落陷入干旱的困境。

“哎哟！”一个老人挑着一担水，好不容易从山沟里爬上来，脚底一滑，扑通一声摔倒在地，木桶骨碌碌滚得老远。

“水，我的水！”老人绝望地看着打翻的水桶。那泼出的水浸进发烫的土地，眨眼功夫就没了踪影。

“老伯，你快起来。”一个英俊的男子恰巧路过，连忙扶起老人。这小伙子不是别人，是牂牁部落洞主的儿子明郎。他举目四望，满眼都是明晃晃的阳光，心里不由阵阵发慌。

“这是怎么了？再这样下去，大伙儿的日子可怎么过？”明郎自言自语。

牂牁洞主正躺在大树下一块巨大的石头上闭目养神，旁边两个丫鬟给他打着扇子。

“洞主，巫师请来了。”管家前来报告。

“快快有请。”

巫师是一名五十多岁的披散着头发的男子，身后跟着一个十二三岁的弟子，摇摇摆摆地走过来。

洞主连忙起身，堆下笑脸对巫师说：“大仙啊，旱情逼人，劳您求一场雨啦……”

“嘻嘻，这倒不难，以洞主您的鸿福，定能求下甘露！”

“只要大仙求下甘露，本洞主自会重重加赏。”

巫师带着弟子回到山中住处。他居住的地方山高路远，不知是不是有点道行的人皆是如此，反正巫师是在一个僻静的山洞里安家。

山洞并不大，洞口兀立着几块怪石，几只乌鸦站在怪石上呱呱地叫得起劲。突然，它们看见有人过来，一下子全都飞走了。

“鬼地方，害得我好找！”花娘汗流浃背，好不容易找到巫师的住所，她费力地绕过怪石，来到洞口。

“大仙，有一个女子要见你。”

听见徒儿禀报，正盘腿打坐的巫师睁开了眼睛：“女子？”他很疑惑。

“肯定是来求您指点迷津的，瞧她的模样很是诚心……”小徒答道。

“哦，那就叫她进来吧。”

花娘鬼鬼祟祟地边走边东张西望。这洞里桌案上摆着几个香炉，壁上挂着几条字幅，巫师坐在袅袅的青烟里，小徒立在一旁，倒也像那回事。“啊，大仙，您可是我心中的高人，今天能够见到您，真是有福啦。”花娘很会揣摩人的心思，说的话自然很对眼前这位“大仙”的胃口。

“哈哈，看不出来您到挺会说话，说吧，你有什么事？”

“大仙，小女子是来向您报告，牂牁寨出现了妖孽。”

“妖孽？”巫师吃惊地坐起来，但是立刻意识到自己的失态，故作镇静地问道：“妖孽在哪里？待我把它收了。”

“大仙您别急，听我慢慢告诉您……”花娘的脸上露出阴险的笑。

越娘的房里，靠窗的地方摆了个摇篮，婴儿躺在摇篮里露出甜蜜的笑靥。

越娘端来了米粥，吹了吹，喂给孩子吃。

越娘的阿爸急匆匆走进来，高兴得像个孩子："越娘，你猜我带来了什么？"他从背后拿出一只花野鸡，"这是我在后山捕到的野鸡，用它炖汤，给这个小家伙喝吧。"

"呀，太好了，都说小孩喝了野鸡汤长得壮实。只是又辛苦阿爸了。"这时，摇篮里的小家伙咿咿呀呀学起语来，越娘看着忍不住笑了。

不知不觉几个月时间过去了，孩子在越娘与老父亲的悉心照料下长得结结实实，愈发逗人喜爱。但越娘的心里却有种隐隐的担心，那就是孩子的身世……

对于那血书中提到的金竹部落，越娘从未听说过，可洛姆部落却并不陌生。其部落凶悍无比，仗势在各部落中间横冲直撞，提起洛姆人，大家都有些害怕。假如有朝一日洛姆人寻到牂牁部落来，相信大家都会劝她放弃孩子，以免节外生枝。越娘早就暗下决心，为了这个孩子的安全，对谁也不能说出孩子的身世。还好，时间一天天过去，一切都似乎平静下来，越娘悬着的心也渐渐放下来。

然而越娘万万想不到的是，算计自己的不是别人，正是自己的亲妹妹——花娘！

因为，越娘美丽，越娘善良。还因为，明郎喜欢越娘。

所以，花娘恨透了越娘。

"依你说来，你姐姐捡的那个孩子还真的是妖孽？"巫师对花娘的胡说八道不以为然。

"千真万确！"花娘信誓旦旦，"那个孩子竟然能在河中的竹筒里活下来，这不是妖孽是什么？是他给我们部落带来了不祥！"

"嗯，除此以外，你好像对你的姐姐也不舒服，对吗？"巫师老奸巨猾，花娘的心思哪儿能瞒过他的眼睛。

花娘被人戳穿，却不慌不忙，佯装无辜："哎哟，这可就是冤枉了，我是诚心要为牂牁部落除害呢！”

“行了，”巫师暗想这姑娘脸皮真够厚的，不耐烦地挥挥手，脸上露出一丝奸笑，“你走吧。不过，我还真的要谢谢你告诉我这个消息，我刚才正在发功，觉察牂牁部落确有一股妖气……”

“哼哼，这下有好戏看啦。”花娘得意至极。

这天，听说巫师求雨，许多人丢下了手中的活计，都来看热闹。说实在的，他们是多么渴望有一场雨啊！

在一片开阔地上，早就摆好了祭祀求雨的香案和祭品。牂牁洞主率众坐在高高的看台上，四周围满了看热闹的人们。这时，巫师身穿白衣手持铁剑，开始求雨。只见他闭上眼睛，又是唱又是跳，大半天过去了，弄得大伙儿汗水直淌，老天爷却始终不见动静，那日头反而更毒了些，晒得人们头晕眼花。

“洞主，天神迟迟不下雨，是因为牂牁部落出了妖孽。”巫师盘腿打坐，叽里咕噜了半天后，终于睁开眼睛，宣布他的结论。

“妖孽！妖孽在哪里？”洞主简直不敢相信自己的耳朵。

“这个嘛……”巫师上前，凑到洞主耳边，窃窃低语。

“这还了得！快快给我把那个孩子抓来。”洞主大发雷霆。

不一会儿，几个彪形大汉就将越娘抓来了。

越娘紧紧地把孩子抱在怀里，她的眼神中透出一种母性忧戚。

她的阿爸紧随其后。他带着哭腔求洞主开恩：“洞主，求您放了越娘吧，她是一个善良的好姑娘呀！”

“放了？你可真说得轻巧！你知不知道整个牂牁部落都要旱死了？”

“这明明是个小孩呀，洞主，他怎么会是妖孽呢？”忠厚老实的阿爸怎么也弄不明白。

“我看你是老糊涂啦！”洞主冷笑道，“你要是明白人，就赶快把那个小孩——不，那个妖孽，丢到江里去喂鱼，否则——”

“不——”越娘一声惊叫，将孩子搂得更紧了。

“哼，再啰嗦就先把你丢到江里去！”洞主没想到一个小女子竟敢和自己对着干。

见势不妙，为了保护自己的女儿，越娘的阿爸赶紧答应：“洞主息怒，我们一定照办，一定照办！”他连连磕头，“我这就把小娃，不，把妖孽，丢到江里去！”

“哼哼，你这个老头倒也爽快。好，把他们放了，让他们马上把妖孽丢到江里去喂鱼！”

一步步艰难地捱到江边，越娘搂着孩子不放：“不，不，阿爸，你知道的，他不是妖孽，不是妖孽。”

“唉，洞主都发话了，孩子，你可不能糊涂哇，你要是有个三长两短，阿爸我这把老骨头可怎么办呢？”

“阿爸！”越娘跪在阿爸面前，“咱们再去求求洞主，这个孩子怎么会是妖孽呢！”

“快起来，”阿爸心疼地扶起越娘，“你还不明白吗？那是一帮不讲理的家伙啊，哪里有我们说理的地方呢？”

越娘抱着孩子，只见那双水灵灵的眼睛正看着自己！越娘感到自己从未有过的心痛，泪水一滴滴落在孩子的面颊上。

“唉！老天爷，这是什么世道哇！”越娘的阿爸说罢，狠下心将孩子一把夺过来，丢进了江水中。婴儿瞬间顺水漂去。

“不，不……”越娘挣扎着，想跳到江里去捞回婴儿，却被阿爸死死拉住。老父亲别过脸去，不忍再看。

突然，越娘叫起来：“阿爸，你快看。”父女俩被眼前的景象惊呆了：只见一群金色的大鱼簇拥着婴儿逆流而上，将婴儿托起来，一直游到岸边。

“啊！”越娘喜出望外，三步两步冲过去将婴儿抱在怀里。那婴儿像受了无限的委屈，在越娘怀中哇哇大哭。“阿爸，这是上天赐给我的孩子，我们可不能违背上天的旨意！”

那群大鱼在越娘面前连连翻了几个漂亮的空翻，然后消失在江心。

越娘的阿爸目瞪口呆地看着眼前发生的一切，这时他终于相信：冥冥之中有一股力量将这孩子赐于了越娘，两个人注定是分不开的。

夜幕渐渐降临，越娘抱着孩子与阿爸在江边蹒跚而行。突然，远处现出火把的亮光。那串亮光在林中若隐若现，仿佛鬼火一般飘忽不定，令人胆战心惊。

“不好了，肯定是洞主派人来找我们了。”阿爸惊道。

越娘看见路边有一个溶洞，她急中生智：“阿爸，不要怕，快跟我来。”

她和阿爸躲进溶洞，用杂草掩住洞口。“孩子，这个时候你可不能哭啊！”越娘暗暗央求怀中的孩子，说也奇怪，孩子像听懂了越娘的话一样，真的止住了哭声。只听见洞口一片嚷嚷：“找着了吗？”“没有看见，娘的，找着了把他们都剁了喂鱼算了。”渐渐地，脚步声越来越远，那帮人到别处找去了。

父女二人正暗自庆幸，不料又听见一阵脚步声，心一下子提到嗓子眼儿。

“越娘……老伯……”脚步声近了，有人小声地喊。

“爹，是明郎。”越娘惊喜不已，拉着阿爸钻出溶洞。

“越娘，老伯，可找着你们了。”明朗一脸的焦急。突然，他看见了越娘怀中的孩子。“怎么，你还抱着他？”明朗无比惊愕。

“明朗哥，你听我说，他——”

“别说了！”明郎的表情十分痛苦，“越娘，这个孩子对于你来说就那么重要吗？洞主正在气头上，听他的，把这个孩子丢到江里去，为了牂牁部落……”

“不，不！”越娘没想到明郎竟然和那些人一样，也认为这孩子是妖孽！

“难道不是吗？越娘，你想想，这孩子来历不明！”明郎步步紧逼。

越娘张了张嘴，话到嘴边又咽下。不，不能，万一让别人知道了孩子的身世，将是多么危险的一件事！

“明郎，”越娘泪如雨下，“这一路上，我早已经想好了，我不会离开这个孩子的。”

“越娘，你究竟要做什么？”明郎惊疑不已。

“明郎哥，我阿爸，还有花娘，今后就拜托你多多关照了！”猛然，越娘跪在阿爸面前，“阿爸，女儿不孝，您老人家多多保重。”她重重给阿爸磕了个头。

阿爸已是老泪纵横：“越娘，你要走，就走远点吧，阿爸不拦你。”

“阿爸，女儿这一走，从此重重阻隔，山高水长……”越娘缓缓站起身，毅然决然地向远方走去。

明郎没料到，为了一个孩子，越娘竟然舍弃了一切。他越来越觉得无法理喻。“越娘，你真的就这样走了吗？你真的不再回头吗？”他疯了一般地大喊。

他呆呆地看着越娘的背影，心痛，无奈，绝望……他仿佛听到自己心脏碎裂的声音。

竹王传说·母亲(之二)

杜鹃花开了

子归鸟啼了

我

却找不到家了

树下蜷缩着一个女子。

那女子双目微闭，怀里紧紧抱着一个孩子，看见有人来，张了张嘴巴想要说些什么，却终于还是说不出来，昏了过去。雪花寂静无声地飘落在她的身上，一朵，两朵……

太阳出来了。

金色的阳光洒在大地上，白雪皑皑的世界变得红装素裹、分外妖娆。

一束光透过窗棂，洒在昏睡的越娘脸上。不一会儿，她缓缓地睁开了眼睛。

“你醒了？”一直守护着越娘的娜莎赶紧喊道，“师父快来，她醒了。”

云师父闻声进来，眼前这女子虽说满面的疲惫，却掩饰不了一种超凡的美丽。“她到底是从哪儿来？为何会来到这茫茫大山？在她身上究竟发生了什么？”云师父满腹的疑团。

“我，我这是在哪里？”越娘吃力地坐起来，可是只觉得头昏眼花，云师父连忙上前去扶她躺下：“姑娘，你是又冷又饿，受了风寒，需要静养。”

“……我的孩子呢？”越娘突然一声惊叫，她想起了最重要的事情，“我的孩子呢？”

见越娘一脸焦急，娜莎赶紧从一只大竹篮里抱出孩子，走到床前：“他在这儿呢！”

“放心，他刚喝了一大碗米汤呢！”云师父笑眯眯地说。

越娘一把接过孩子，看着他熟睡的模样，欣慰地笑了。

“感谢老天，让我遇见了好心人，救了我们的命！”越娘感激得不知如何是好，她要起来给云师父磕头。

云师父将她轻轻按住，把孩子抱过来放进竹篮里。“你的孩子真可爱，他叫什么名字啊？”这下倒把越娘问住了，因为这个孩子真还没有名字啊！不过她只是迟疑了一瞬，很快就回答云师父：“他的名字叫竹郎。”

在云师父和娜莎的照料下，越娘的身体一天天恢复了，她脸又重新变得红润，显得美丽动人。在她心里，云师父她们是多么可亲的人啊，她们给予了她亲人般的关怀，令她感激不尽。可是，对于自己的故事，她却保持了缄默。是的，经过了这些磨难，她已经无法与竹郎——那个捡来的孩子分开了，在她心目中，竹郎就是她的孩子。所以，过去的一切，就让它过去吧。重要的是，她要好好的生活，与竹郎一起，母子二人永不分开。

不知不觉，春天已经到来。山野又焕发出勃勃生机。山花烂漫，鸟鸣啁啾，特别是那些杜鹃花，一簇簇，一丛丛，红得像火焰，白得像云霞。

离茅屋不远的地方，有一眼清泉，泉水像一面圆圆的镜子，更像是森林的眼睛。越娘挑着两只木桶来到泉边，她将水打好，突然被泉边盛开的美丽的紫色小花吸引住了。她采下几朵花儿，很快编成了一个花环，将花环戴在头上，她看着泉水里美丽的倒影，不禁地想，泉里那个身材苗条，秀发如云的女子，真是自己吗？

“越娘。”越娘蓦然听到有人叫自己，不由一惊，回头一看，原来云师父不知什么时候站在自己身后。她有些害羞，连忙将头上的花环摘下来。

“怎么摘下来了？”云师父接过花环重新为越娘戴上，“这么美的花环，也只有戴在你的头上才合适呀。”

“归去……归去”，突然，远处传来子归鸟的叫声。

“越娘，你听见子归鸟的叫声了吗？”

“是的，云师父，它的叫声很好听。”

“好听？”云师父饶有兴味地转过脸来，“那你知道它叫声的含义么？”

“这……越娘还真不知道。”

“它呀，叫的是‘归去，归去’，就是想家的意思。”云师父一语双关。

“越娘，你来到这里已经有些时日了吧，可是我还不知道你的家在哪里、你又是为什么要背井离乡……”见越娘沉默不语，云师父索性来个开门见山。

“云师父，我……”越娘欲言又止。

从越娘的神态，云师父料定她有难言之隐，也就不再追问，只是轻微地叹了口气。

“唉！越娘，坐下听我说。”云师父在一块平整如砥的石头上坐了下来，越娘也挨着云师父坐下。

“在我很小的时候，家里人很多，很热闹。我的祖父和父亲都懂些医术，我记得他们经常把寨子里的病人接到家里来诊治，所以，耳濡目染，我也懂了一些医术医道。有时我随着父亲上山采药，常会碰见野兔啊、刺猬啊之类的小动物，可是父亲从来不伤害它们。一次，父亲带着我行医回来，那天已经很晚了，我们走得很快，因为听人说那一带经常有野狼出没。”

“野狼？”越娘很吃惊，“野狼可是会吃人的。”

“对，你说得没错。那天……”云师父陷入了对往事的回忆……

天边露出半月，月影朦胧。一中年男子带着十来岁的女儿行色匆匆。不料，半路上猛然跳出几个黑影。

“啊，野狼！”小女孩惊叫着扑进父亲的怀抱。

“嘿嘿，不是野狼！哈哈哈！”只见几个彪形大汉手持棍棒，团团围住了父女俩。

“孩子，别怕。”父亲轻声安慰着女儿。

“你们要干什么？”他厉声喝问那几名男子。

“干什么！你心里没数吗？”

“我只是个医生，如果你们要钱，我身上带着的尽管拿去好了。”

“呸！”其中的一个大汉上前来揪住男子的衣襟，“你别给老子装糊涂，快把秘方交出来！”

小女孩见状，大叫“爸爸”，情急之下把那大汉的手臂咬了一大口。

“哎哟！”那大汉痛得松开了手，其他几个人赶紧把小女孩抓住。

“你们放开我女儿！”

“哼哼，你是敬酒不吃吃罚酒！”一名大汉突然扼住了小女孩儿的喉咙，“难道你家那个秘方比你女儿的命还值钱？”

“你们这帮强盗！我和你们拼了！”男子愤怒之极。

正在这个时候，传来了令人毛骨悚然的一声狼嚎。

“妈呀，野狼来了！”还没等众人反应过来，一匹野狼就像箭一样扑倒抓小姑娘的强盗，瞬间咬断了他的喉咙。

“哎呀，快跑！”其余几个强盗落荒而逃，野狼也没有去追他们，只是蹲在那里，静静地看着小女孩和他的父亲。过了一会儿，它起身走了，消失在茫茫夜色中……

“原来，是野狼救了你们。”越娘很惊奇。

“是啊！父亲告诉我，那匹野狼他认识。他曾经救过一匹被夹断了腿的野狼，没想到那野狼竟记住了他，更没想到野狼还会报恩。”越娘听罢又叹了一口气，听云师父接着往下说：

“后来，我家遭到了很大的变故，另外一户行医的人家盯上了父亲的祖传秘方，决心把那秘方弄到手献给部落的首领，不料几次三番落空，怀恨在心。他们要部落首领给父亲栽了个罪名，把父亲治死了。我的祖父带着我逃到这深山老林里，因为心中不平，只活了几年就去世了。”云师父深深地叹了口气，看了看天上飘浮的云朵，“唉，经历了这么多，我终于明白，人世间最可怕的不是狼，而是人。”

“越娘，这就是我的身世。你也许会好奇，不理解我为什么能够在这样一个荒僻的地方生活，可是，这里远离了那些吃人的人，世间难道还有比这儿更安全的地方吗？在这里，甚至是一只小鸟、一棵小草，都是有情有义的。”

说完这些，云师父不再说话，只是仰起头来，看着蓝天上的云朵。

“云师父！”越娘忍不住抓住云师父的手，好想把一肚子的话说给她听。可是不知为什么，待云师父专注地看着她时，她又不知从何说起了。

“越娘，”云师父似乎看懂了她的心思，笑了笑，“你是一个善良的好姑娘，这就足够了。有些话现在还不想说，就以后想说时再告诉我；世上有些事情，是对还是错，需要时间来证明。”

越娘点点头，说：“云师父，答应我，让我留在这里，让这里做我的家吧。”

竹王传说·母亲(之三)

房前桫椤树的气息
停泊在我的魂灵深处
多年后依然散发着郁香
唯有你
在轻唤我的名字时
我　却记不得了

洪水滔天!

越娘与娜莎被卷入洪流之中,两个人合抱一块大木板。

不知漂了多久,两人渐渐感到体力不支,绝望之际,忽然,“呼喇”一声巨响,洪水冲垮了堤岸,一株老树被连根拔起,滚落水中。

“快!快抱紧大树!”越娘声嘶力竭地喊道。

那大树上枝丫横生,将二人挡住,使他们免于被洪流冲跑。就这样,水势渐缓,两个人漂呀漂,等他们被人发现时,已奄奄一息。

越娘醒来时,却发现那坐在椅子上冷冷看着她的,竟是自己的妹妹花娘!

越娘十分意外，花娘却笑了："姐姐，多年不见，老多了，当年你可是牂牁的一枝花……"

"我，我怎会在这里？"

"赶快跪下谢谢老天爷吧，一场洪水又把你冲回老家啦，这里，是牂牁部落！"

"牂牁部落？"越娘百感交集，"这么说，我到家啦？"

"家？"花娘突然笑了，"你趁早死了这份心吧！死了的人还能活吗？"

"这……"越娘泪如雨下，

"当年你走的时候，所有人都说你死啦！为了一个不知来历的小孩子，你竟弄到这步田地，啧啧，真不值啊！你，可以活下来，可是，你必须牢牢记住，以前的越娘，早已死了。"她凑近了越娘，小声说，"你，必须悄悄地，一点儿声息都不要发出来。"

越娘的眼泪像断线珠子般滚落，她只觉得胸口好痛，好痛。

她闭上眼睛，眼前是一片洪水，冲垮了她的家，冲走了云师父，冲走了她的孩子竹郎！

她睁开眼睛，这世界，虽熟悉，却陌生了。

唯有那窗外的桫椤树直立而挺拔，树顶上丛生着大而长的叶子，就像一片片羽毛向四方飘垂，就像当年那样静静守在自家的一亩三分地上，从未改变。

竹王传说·金角

为了一个“义”字

犯了天条

受人滴水之恩

当以涌泉相报

如果连这个都不懂

何以为神

我翻了一个身

被潇洒地压在山脚

上古之时，洪水泛滥，生灵涂炭。

天神中有慈祥的，盗来息壤，使川泽化为平地，就这样，犯了天条。

如此说来，金角被压在牂牁山底也就不足为奇了。

在此之前，年幼的竹郎压根儿没料到他救下的那条小蛇是一条龙。

那天，竹郎下山来到江边，突然，远处传来阵阵喧哗。走近一看，只见几名小童手里执了细竹条，正驱打着一条小蛇。那蛇通体发绿，偏偏头顶上有一点金黄，煞是好看。

那些顽童你打一下，我抽一鞭，早已经把小蛇弄得遍体鳞伤。

竹郎看见，忍心不下，于是上前向那些顽童求情道："你们把它放了吧，看它已经快死了……"

内中一个大点的孩子说："你懂什么！见蛇不打三分过。"

"可是，它并没有伤害你们啊！"竹郎不解。

几名小童嬉笑着，并不理睬竹郎。

"我送几枚钱给你们买饼吃，你们将它放了，好不好？"竹郎想了想说。

几名顽童一听说有钱买饼吃，欢喜不尽，接了钱一哄而散。

那蛇似通人性，仰起头看了看竹郎，点了几点，仿佛在表达谢意，然后慢慢滑入江中，尾巴摇了摇，眨眼间消失在茫茫江水中。

"竹郎，竹郎！"

竹郎回头一看，只见一个八九岁的小男孩笑眯眯地站在自己面前。

"你……"竹郎并不认识他。

"我叫阿金，家住在附近，你愿意和我一起玩儿吗？"男孩似乎读懂了竹郎的心思。

"当然愿意！"年龄相仿的孩子总是很快就能玩儿到一起去。阿金与竹郎在很短的时间内竟成了好朋友。

这一日，天将手捧诏书来到牂牁龙王府。

牂牁龙王慌忙整装焚香接旨。

"敕命牂牁龙，明日驱雷掣电，降雨百尺，洪水朝天。"

金角听得明白，心头怦怦直跳。

"孽子！你又要出宫么？"龙王看透了儿子的心思，一把扯住。"天机不可泄露，你可明白其中利害？"龙王问儿子。

"可是、可是……竹郎他救过我的命啊！"金角颓然跌坐。

洪水朝天。

牂牁龙领着金角行云布雨。须臾间风号雷鸣，只见人间哭声连天，生灵涂炭，山川平地皆变为泽国。

“咦？孽子哪儿去了？”回头不见了金角，牂牁龙王隐隐有一丝不祥的预感。

“轰”的一声，远方迸出万道金光！随之，牂牁龙王看见金角化作一片红光穿行于滔天碧浪之间。

“完了，孽子偷走了我的龙珠！”龙王一声悲叹，眼见得洪水渐渐退了下去。

“轰隆……”一座大山从天而降，坠落于牂牁江畔。

“孽子呀……”牂牁龙王掩面悲泣。

他恍惚看见自己的儿子了。只不过，他竟冲自己笑了笑，真的，不是梦境。

他揉了揉自己的眼睛，这一回，他清晰地看见金角潇洒地在浩渺的空中一个旋转，便随着山的轰鸣而消失在那茫茫不可见的一端。

竹王传说·九真

不可说　不可说

大爱无疆

渺渺茫茫

支撑天与地的　只是一个信念

直到

所有人　能够看见

太阳　从同一个地方升起

这世界，本不是属于哪一个人的。可是有些人偏偏不这样认为。

于是，这世上便充满了争斗。而争斗往往会弄到生灵涂炭的地步。并且，由争斗而生出来的丑与恶，更是难免的了。

终需一个人来收拾残局。

当九真看见这个孩子时，仿佛冥冥中的召唤，心中不由一动。

“老爷爷，你是从哪儿来的？”那孩子笑眯眯地看着他，问道。

“先说说你是谁家的孩子？怎么跑到这里来的？”

“我，我叫竹郎，是从很远很远的地方来的，我是来拜师的。”

“拜师？呵呵呵。看不出你小小年纪倒会说谎。”

“不，我从不说谎。我真的是来拜师学艺的，我要救我的朋友金角，还要让乡亲们都过上好日子。”

这孩子小小年纪，说的全是替别人着想的话。九真不由眯起了眼睛：“我倒是认识一位仙师，不知你愿不愿意去找他呀？”

“真的，你认识仙师？哦，我明白了，肯定你认识他，不然，你怎么会知道这么多。太好喽，我一定要拜他为师。”竹郎高兴地直跳。

“那么，你就到‘空空谷’去找他吧！”

竹郎念叨着“空空谷”，不知不觉，他来到一座大山脚下。仰视，只见白云挂在山巅，峰峦叠嶂处，太阳发出七彩的光，射得人睁不开眼。竹郎连忙用手遮住眼睛，却忍不住感叹：好一座充满了灵气的山啊！

他沿着蜿蜒山路行进。走了好久，觉得累了，见路旁的一棵树上结着红色的果实，果皮泛红，娇艳欲滴，想是已熟透。他忍不住摘下几枚，坐下来，准备享用一番。

“慢着！”一声断喝，竹郎猛然抬头，看见不远处走来一个老猎户。

“怎么？你要吃么？”竹郎问道。

“不不，我可不敢吃，你手里的果子有剧毒啊！”

竹郎疑惑地将那红得鲜艳可爱的果子翻来覆去地研究，“有毒？真的吗？”

“当然不是真的！”那猎户一把将野果抢过来，三下两下吞下肚去，咂咂嘴，意犹未尽：“味道好极了，还有吗？”

“你？”竹郎很生气，但他忍住了，“你为什么要抢我的呢？那棵树上有很多果果啊。”

“不，你不明白，从别人手里抢来的东西更有滋味。”

“是吗？不过抢别人的东西并不光彩。”

“那你就要记住，对于陌生人，不要轻信。”

“轻信？”竹郎低下头仔细想了想，不错，刚才自己的确轻信了来者，照这样说来，责任在自己。他搞不懂眼前这个古怪老汉，索性不再搭理他，起身重新摘了几枚果子。

正当他咬第一口的时候，随着“哎哟”一声叫喊，一个人骨碌碌地从坡上滚下来，随之而来的还有一捆柴。那人一直滚到竹郎的脚边，便一动不动了。

“喂，喂，喂！”竹郎连连摇着这个的打柴老汉。

老猎户站在远处冷眼旁观。

“喂，老爷爷，快醒醒啊！”竹郎喊着，同时用手掐老人的人中。

打柴老汉终于呼出一口气，慢悠悠醒转过来。

“我怎么会摔倒的？”老汉问。

“不知道啊，老爷爷，”竹郎很纠结于老汉的问题，“我怎么知道呀，你是从高处摔下来的。可能是太累了吧？也可能是肚子饿了……”说着，竹郎一边将老人扶起来，一边将手里的野果递给老人。“老爷爷，你吃吧。”

砍柴老汉毫不客气，接过果子，三下两下吃下肚去。“现在感觉好多了。小孩，你要到什么地方去？”

“我嘛，要去‘空空谷’。”

“‘空空谷’？我知道那个地方。你就一直沿着这山路，往前，往前，再往前，就到了。”

“真的？”竹郎异常高兴。不过他转身之际，却看到了那个老猎户嘲弄的目光，那目光使他浑身不自在，他想起自己刚才的轻信。

“不过，你去‘空空谷’做什么？”砍柴老汉又问。

“我……”竹郎没有把话说完，他告诫自己，要小心一些，要少说话，尤其是在这两个来路不明的陌生人面前。

“去吧，‘空空谷’里有一位德行高尚的九真仙师。他法力高强，自从他来到这里以后，惩恶扬善，老百姓都非常喜爱他。如果你能拜他为师，将会学到许多东西。”砍柴老汉像看懂了竹郎的心思。

一听这话，竹郎喜不自禁，恨不得马上就飞到“空空谷”。

“哼，”老猎户却哼了一声，冷言冷语发表了自己的见解，“什么呀，恐怕这也是道听途说吧。世上的高人只有两种：一种，真的有那么两下子；一种，沽名钓誉罢了。九真仙师是这两种人之中的哪一种呢？”

竹郎不语，他实在无法回答。

“老爷爷，我得走了。谢谢你。”当他走过老猎户身边之时，“也谢谢你。是你告诉我不要轻信，要学会判断事物的真伪。”

竹郎走了。

他身后的两个人，这时却相视一笑，露出赞许的目光。

“聪明。”老猎户说。

“并且，心地善良。”打柴老汉一边说，一边啃着竹郎送给他的野果。

空空谷。

虬枝屈曲的大树下，九真正在下棋。不过，是自己一个人。他举起了一颗棋子，说：“这真是世上最难下的棋。”

“为什么呀，师父？”侍立一旁的童子霞光不解地问。

“你哪里知道，当你自己与自己下棋时，你的对手就是你自己。唉，世人或许能够打败别人，却很难战胜自己。这，就叫‘举棋不定’！”“啪”的一声，一颗黑棋子重重落在棋盘上。

“报告师父——”门外走进来两个人。

“怎么样，你们遇见他了吗？”九真眼皮都不眨一下。

“是的，师父，”两个人老老实实地回答，“我们试探过了，他很优秀。”

九真不语，仍在下棋：“是吗？你们的意思是不是他很聪明？”

“不，重要的是他‘仁义’。”

“好！”九真手中的棋子重重落下，“就是它了！”

竹王传说·阿果

我是一条河
你　凝结成我生命里永远的波
我是一棵树
你　是我树上的花冠
在我整个生命中
不离　不舍

三生石畔的一棵绛珠仙草因得了神瑛侍者的灌溉，遂跟着神瑛投胎转世，用了一世的眼泪去还他；西子湖畔的一个小牧童，因为放生了一条小蛇，遂演绎出一段缠绵不尽的神话。自古道“江山美人”，谁又能逃脱这迷局？

归墟，若隐若现的仙境。茫茫大海，碧波万丈中，三座仙山蓬莱、瀛洲、方丈若隐若现。岛上的奇花异草竞相怒放，一只只白色的仙鸟在空中飞来飞去。

“师父，师父快看哪！”一小童站在海边，手指着天上的一只大鸟。

“有物混成，先天地生。不知其名，曰‘道’。”鹤发童颜仙姿翩翩的赤松子正闭目讲经。

“阿果，你为何在此大呼小叫？”赤松子不悦。

“可是，师父……”小童呼喊不休。

这下赤松子有些愠怒了，所有听经的徒儿都瞪大了眼睛。

赤松子站了起来，目不转睛地盯着那只大鸟。

那是一只鹏，它的翅膀展开，如同一朵硕大的云。大鹏过处，波涛汹涌，浪花如碎玉般溅开来。

突然，大鹏以迅雷不及掩耳之势俯冲到岸边。

众人一片惊叫，赤松子不慌不忙，抖了抖拂尘。

“去吧，去吧！”洁白的拂尘在大鹏的头上点了几下，说来奇怪，刚才还是一团戾气的眼睛里此刻竟满是温驯。

名叫阿果的小童不经意间却发现大鹏的双翅微微颤抖。

“大鹏，你累了吗？”阿果走上前去，随手将葫芦里的丹丸倒下几粒，凑到大鹏的嘴边。

大鹏毫不客气，将那丹丸吞下肚去。

众人惊诧至极，要知道，那丹丸可是赤松子辛苦炼就。

“呼”的一声，大鹏重振双翅，直冲云霄，径向西南方飞去。

“……这大鹏是哪儿来？”众人窃窃私语。

赤松子平静地笑了笑，“此鹏一去，必将匡扶正义，行我正道。”他转过脸去，看了看还在发怔的小童，自言自语，“冥冥之中，自有定数。”

话音刚落，空中洒下阵阵花雨。

阿果仰起脸来，旁若无人地痴痴一笑，眼神里仿佛有一丝线儿般牵扯，呆呆地追随着大鹏飞过天空划过的痕迹。

十七年后。

夜，月的清辉洒满大地。茂密的树林中，一团黑雾呼啸着，怪笑着。

黑雾追逐着前面一个十六七岁模样的姑娘。那姑娘拼命跑着。

“啊……”突然，那姑娘双脚踏空，落入一个大坑。

那大坑竟是猎人为了捕野猪而设的陷阱，其深无比。姑娘掉进去，里面一团漆黑，抬头只见几丝月光稀稀落落洒在土壁上。

“咦？哪儿去了？”黑雾散尽，光光光身披盔甲，威风凛凛，却又一身邪气。

“哦，原来在这儿！”光光光东瞻西望一番后发现了陷阱。

“阿果，阿果……”远处传来嘈杂的人声。

陷阱里的姑娘屏住呼吸，不敢答应。

光光光手一挥，地上的两块大石头便腾空而起，呼啸着落进陷阱。

“嘿嘿，”光光光料定那姑娘必死无疑，“哼，便宜你！”

“阿果，阿果……”人群打着火把，越来越近。

光光光腾雾而去。

阿果在陷阱中，忽见两块大石从空坠落，情急之下，连忙将身子紧贴土壁。老天有眼，那石头恰恰就滚落在姑娘脚边停住了，将她吓得面如土色，浑身发抖。

脚步声渐渐远去，消逝了。

阿果忍不住嘤嘤哭泣。

“呵呵呵呵，呵呵呵呵……”是猫头鹰尖利的笑声，在黑漆漆的夜里，那笑声显得无比瘆人。

黑夜，渐渐笼罩了整个世界。疲惫不堪的阿果竟倚在石头上睡着了。

天亮了，阳光伴着鸟鸣，山泉伴着野花，树林里一遍勃勃生机。

阳光洒进陷阱的边缘。阿果揉了揉眼睛，看着头顶的蓝天白云。求生的欲望使她用石块在土壁上凿起来，但好一阵才在土壁上凿出一个小窝窝。土壁是如此的坚硬，她绝望地哭了。一束藤萝从坑顶垂下来，上面结着几串紫色的果实。“野葡萄！”阿果惊喜地叫起来。她踩着大石头，踮起脚尖，终于够着了葡萄。突然“哧”的一声，裙子被扯破了一块。可是她很饿，哪顾得了这么多，小心翼翼地摘下一串葡萄吃起来。

阿果一边吃葡萄一边打量那些藤蔓。接着，她踮起脚尖，伸手抓住葡萄藤，这可是救命的藤啊！她拉着藤子用力往上爬，希望能够爬出洞穴。可是“啪”的一声，并不粗壮的葡萄藤一下被拽断，她重重地摔在石头上。

手臂火辣辣的痛，一股鲜血顺着手臂往下淌。更可怕的是，阿果感觉双腿动弹不得，无论自己怎样使劲，平时灵活的腿居然不听使唤。“阿爸呀……”她又惊又怕，忍不住放声大哭。

此时，就在这树林中，风过处，树梢随风而动，犹如波涛汹涌。一年轻男子腾空而起，在树梢上来回奔跑，如履平地——原来是竹郎在练习轻功。

“呜呜呜……”突然，他的耳畔传来隐隐约约的哭声。

竹郎开始并未在意，他专注地在树梢上旋转腾挪。

“呜呜呜……”这一回，竹郎听清楚了。

他停下来，在林中四处寻觅哭声的来源。

终于，他发现脚下的陷阱。

“有人吗？”他站在陷阱边喊。

哭声戛然而止。阿果想拖着受伤的腿往边上躲藏，只可惜腿不听使唤。

“你受伤了吗？”竹郎料定陷阱中有人。

见没有回答，他不再犹豫，飞身跃入陷阱。

“啊……”阿果惊叫。

“姑娘，别怕，我马上救你出去。”竹郎看着惊恐不安的阿果，“你放心，我不会伤害你的。”

竹郎看过阿果的腿伤，将受伤的阿果背在背上，轻轻一跃便飞出陷阱。然后，朝着空空谷而去。

风轻轻吹过，不时传来一两声鸟鸣，山林中显得更加静寂。

空空谷。

“妹妹，你终于醒了，你知不知道，你睡了整整两天。”霞光一直守候在阿果的床前。

“我要回家！”阿果挣扎着要坐起来，却感到钻心的疼痛。她哎哟一声又重新躺了下去。

“别动别动！”霞光慌忙说，“你的手和腿都受了重伤，都敷着草药呢！你一乱动就坏了。”

“谢谢你们救了我。”阿果轻轻叹了口气。

“呵呵，是我师弟救了你，等你好了再谢他吧！也真是巧，要不是他那天正巧在林子里练功，你可就危险了。师父说你受了惊吓，要好好地养一阵子才行。”

阿果静静地躺在床上，不由得想起阿木部落的乡亲们，止不住又流下泪来。

不过，她的身体一天天地恢复了。终于扔掉了拐杖，她的腿又恢复了昔日的健美。

夏日的清晨，阿果推开窗，只见远山如黛，不禁深深呼吸了一口新鲜空气。

她回过头去，一眼瞥见椅子上自己的花裙子，她拿起裙子，坐在椅子上缝补起来，心灵手巧的阿果将不同颜色的布拼接在一起，拼成了一条“百褶裙”。

“好啦！”她将裙子穿在身上，高兴地跑到屋外的泉边照了照，禁不住翩翩起舞，美丽的花裙子竟然引来了几只蝴蝶。

“呵呵呵，真好看！”远远的，霞光看见了犹如花朵般美丽的阿果，不禁赞叹。

“好呀！真棒！”远处传来阵阵喝彩声，

阿果不由走上前去看个究竟。

只见宽阔的草坪上，设立了一个临时靶场。

竹郎手持弓箭，箭连连发出，枝枝正中靶心。“好！”围观的师兄弟们齐声叫好。

“这个人的箭法真高啊！”阿果盯着这男子英姿勃发的背影喃喃自语，竟然看得呆了。

“竹郎加油！”霞光为竹郎助威。

“竹郎？”

“对呀，他就是我的师弟竹郎呀，就是他救了你哟。”

想起当日在密林里自己被救的经过，阿果感觉就像一场梦境一样，一切都真切而模糊。对于救自己的人，她一直是心存感激的，可她没料到是眼前这个手持弓箭的英俊男子！

“啊，原来是他？”却不知为什么，阿果竟感到两颊一阵发热。

幽幽的泥哨声在寂静的山谷中回荡。

三人席地而坐——霞光、竹郎，还有阿果。

那坡上开满了野百合，风过处，就像一片白色的云。

风里，阿果讲述着自己的故事……

“我们那里，叫阿木部落……”阿果一边说，一边凝望着远方，山风吹乱了她的发丝，却激起她心中的涟漪……

竹王传说·霞光

爱也难

恨也难

别离　也难

我的年华

是那些孤独的野百合

霞光一直都怀疑自己是在梦境中。因为，她始终不相信。

——树叶由青变黄，天上白云苍狗，大地沧海桑田。霞光，你为什么不相信呢？

霓光他，真的变了？

不，他现在已经不叫霓光了。霓光已经背叛师门，投奔了混沌魔王，做了他的开路先锋光光光。

霞光摇了摇头，怎么会这样？怎么会这样？！

“师兄，师兄。”霞光趴在窗棂边，轻声喊。

“我给你带好吃的来了。”霞光抿着嘴，露出两个甜甜的酒窝。她轻轻地从怀里掏出几枚熟透的山果，递给霓光，“师兄快吃，可甜了。”

“我不要。”霓光冷冷地说，将脸转过去。

“嗨，师兄，你到底怎么了？”

“师父让我在此面壁，你来看我，难道不怕师父责怪吗？”

“师兄，你说些什么呀……”霓光冷漠的样子让霞光心里一阵难过。“不管你做错了什么，只要改过不就行了吗？师父他老人家也是一时生气，过一阵子就好了。”

“哼哼，我错了吗？”霓光一声冷笑。“既然你们都认为我是错的，你又何必来看我。”

霞光被霓光一阵抢白，心里一阵难过，不由得流下眼泪。

自尊与自卑只隔着一条线，一不留意，两者就混淆不清，成了一把剑，伤别人，亦伤自己。

日子过得飞快。

转眼又是冬季。寒风呼啸，漫天风雪，空空谷变成了另一个世界。

一个男子在雪地里艰难地跋涉。本是大雪封山，他却丝毫不以为意，熟悉地辨别出下山的路径。

“师兄，师兄——”后面突然传来几声叫喊。

听到喊声，男子仿佛受了惊似的，不但不回头，反而走得更快。身后的几个人循着脚印撵来，一直跟到山下。走到岔路口，却不由犯了难：这里行人密集，只见脚印横七竖八通往不同的方向，而且还间杂着车辙。

“这，这可怎么办？”说话的女子语气中透着焦灼，是空空谷的女弟子霞光。

“师姐，你别急，我们一定会想办法找到师兄的。或许师兄只是一时生气，说不定等他气消了自己会回来的。”后面的一个男子说道，想必也是空空谷的弟子。

“不，师兄的脾气我最了解，他犟起来九头牛也拉不回。”霞光秀眉微蹙。

“师姐，都是我不好，我不该还手的。”说话的男子语气中透着无限的伤感，“如果我不还手，师兄也不会摔倒。”

“怎么能怪你呢？竹郎！”

“是啊，怎么能怪你呢！”旁边的几个人也纷纷议论。

“练武场上拳脚相向，你怎能不还手，”霞光缓缓说道，“是霓光他自己小心眼，你轻轻一击就赢了他，令他自觉无颜……”

几个人议论纷纷，并未想到他们身后的棵百年古树内可以容身。那树干粗大，需几个人手拉手才能合抱。更奇的是，那树心有一树洞，深达几米，里面可容下两个人而丝毫不觉得拥挤。刚才被众人追赶之际，男子一眼就瞧见了这树洞，料定其中可以躲藏，干脆跳了进去。

本是寒冬腊月，树洞却挡住了寒风，里面相当暖和，想必是这古树接地气所致。男子坐在里面，将师妹等人的谈话听了个清清楚楚。

一时间，他心里五味杂陈。想到师妹霞光的焦灼与关心，他心里不由一阵歉疚。忽而，又听到她对竹郎说的话，一点仅有的歉疚之情顿时消失得无影无踪。本来，他是大师兄，没料到师父偏心，却将武艺悉数传给竹郎；竹郎得了便宜不说，在他面前还丝毫不谦让，仗着自己的武功，轻轻一击便令他当众丢丑、颜面扫尽……

雪，还在下着。

山路上经常有个人儿在风雪中伫立，等待着，等待着……

却终是杳无消息。

空空谷的夜，寂静无声。

房间里，一灯如豆。

昏暗的灯光下，霞光缝一件衣裳。

缝着缝着，她深深叹了口气，一副心神不宁的样子。眼前不知不觉浮现出大师兄霓光的影子……

两个小孩子在捉迷藏，

“大师兄，你来找我，呵呵呵。”

泥哨托在掌心，“师兄，这是送给我的吗？”

“当然。”

“呵呵呵呵，谢谢师兄。”

“师兄，别走，好吗？”

“我父母早已双亡，像我这样的孤儿，是没有亲人的。”

师兄，你到底在哪里？

一滴泪不知不觉滑落在霞光的手臂上。

她突然想起了什么，翻箱倒柜一番，找出了一个小小的泥哨，凝视片刻，痛苦地闭上眼睛，将泥哨紧贴在胸口。

终于，她拿定了主意，开始收拾衣物，将之结束停当。她背起行囊，回首之际不禁留恋地看了几眼自己从小到大居住的房间。想了想，她又回到桌前，找出绢布，奋笔疾书……

“不孝徒儿霞光拜上恩师：……今吾意已决，下山寻找大师兄……”天亮的时候，弟子在霞光师姐的房间里找到绢书，此刻正断断续续地念给九真听。

“世事皆在无穷变化中，物有千变，人有万变。霞光下山而去，亦是此理。”九真叹道。

这里，幽暗无光；这里，是浑沌魔王洞。

光光光已经记不得自己喝了多少杯了！

他不发一言，仿佛麻木了似的，只是重复着机械的动作，倒酒，喝酒，倒酒，喝酒。

霞光看着他，忍不住泪流满面。她不知道该说什么好，因为，她觉得眼前的这个人，已经变得多么的陌生。

“我一直在找你……”霞光说。

黑先锋自顾自地喝着，冷冷说道：“你不是找到了么。”

“霓光……”

“不要这样叫我了，再不要这样叫我！”光光光歇斯底里一般掀翻了桌子，“我都成这个样子了，你为什么还要这样叫我！”他喘息了一会儿，他用手指着自己的胸口，“我叫光光光！光光光！”

一阵死寂。唯有霞光的啜泣声让人揪心。

“你走吧。”光光光冷得像块铁。

霞光眼泪汪汪地看着他。

“你走吧！回你的空空谷去吧！”光光光扭过脸去。

霞光心中一阵痛楚，掩面而去。

光光光抄起墙角的酒坛，往嘴里猛灌，然而将空坛子使劲一摔，砸得粉碎。

“九真、竹郎，是你们害了我，是你们害了我！”他咬牙切齿。

时光飞逝。

月亮部落。

“大师兄。”四目对视，霞光明白，是他，是他，霓光！那熟悉的眼神，一辈子也忘不了。

“你，来啦？”魔王用尽了全身的力气，拼命挤出一丝苦笑。

竹郎也跑了过来，很是吃惊：“你说什么？他是，大，师兄？”

“竹……郎，师弟。”魔王知道自己快要死了，“人之将死，其言也善。”

竹郎将魔王揽在怀中：“师兄！这是为什么呀！”

“如果，这些……都是一场梦，该……多好！可是，人生……没有如果……一步走错，步步走错。”魔王看了一眼已哭成泪人一样的霞光，“师妹，别……恨我！”

泪眼模糊中，霞光仿佛又回到当年，那个叫霓光的大哥哥，牵着一个叫霞光的小姑娘，在开满野百合的山坡上嬉戏玩耍，无忧无虑。

竹王传说·霓光

我不愿回头

怕别人的眼光

自己酿的苦酒

我将痛饮至生命完结

如果　一切能够重新来过

多好

那天，我赌气下山来。

那一刻我发誓，空空谷，我再也不回去了。

然而，我的心里在苦笑。因为，我真不知道该往哪儿走。

——虽然，世界之大。

人，真的很奇怪，当你无路可走的时候，偏偏最容易走上别人为你安排的路。

在霓光的面前，突然出现了一团红光。

不知过了多久，我缓缓醒来。只见自己趴在一块怪石上，浑身软绵绵的，没有一丝儿力气。

——我到了浑沌魔王洞。

从那天开始，我就开始了另一种人生。

黄昏时节，长风吹来了。

这样的风，一定也拂过了空空谷那片开满野百合的山坡了吧？那么，霞光妹妹是否也在这样的风中，想起我？

什么都不说了吧！

也只有在这个时候，我才敢漫步在浑沌魔王洞外面，尽管荆棘刺痛了我的脚，冰凉的溪水渗透我每一寸肌肤，可是，我不在乎；嘘，轻点声儿，我甚至能闻到一丝丝野花飘来的香，可是，我差点流下泪来，我心里很明白，这是因为感动，因为我离美好的东西愈来愈远了。

不，不能流泪，如果被浑沌魔王看到，他一定会笑我没出息；这世上的人都笑话我，九真也嫌弃我，只有他浑沌魔王不像他们一样。

所以，我尽量不让浑沌魔王失望。可是，我总是办不到。许多次我想起在空空谷的日子，辗转反侧之后，终于还是决定把过去的一切抛弃！一个人走的路是很难说清楚，就像这时我不知道，前面到底是荆棘还是鲜花一样……这不是借口，因为，你选择不了未知的前方，究竟什么是正确的道路，谁能知道？

清晰地记得最后一次，在月亮部落。

“嗖”的一声，阿嘎的箭带着仇恨，射中了我的胸口。

我倒下了，慢慢的，以极夸张的姿势。

只是我没想到就在这时候，那个泥哨掉落在地，发出极其清脆的声音。

“完了！”我闭上了眼睛，霞光，她那样冰雪聪明，一定会发现什么的。

真的，我一直想隐瞒下去，带着这副可怖的面容，一直到走进坟墓，可是，我做不到了。剩下的，我只能大口大口地喘气，我知道，自己的时间不多了。不知为何，我竟感到从未有过的轻松，如同卸下了千斤重担，真的。

霞光慢慢地朝这边走过来了，她穿着一袭紫色的裙子，风儿扬起她的裙裾，好美，好美。

我的眼光再也不像从前那样冰凉冰凉的了，此刻，我只想带着那些美好的回忆，再好好看她一回……

如果，一切能够重新开始，那就让那些所谓的名利与自尊，统统见鬼去吧！我会毫不犹豫地牵着她的手，走过春夏与秋冬，还有，我会在房前屋后种满野百合，然后吹最美的哨音给她听。

竹王传说·伯奇鸟

宽恕
使我超越了黑暗
即使寒夜降临
阳光　同样明媚

尹宅。大门口。

一名中年男子身背行囊，牵着一匹马。他是这家男主人，眼下正要出趟远门。

“你们要好好照看家里，一切听夫人吩咐，一年半载我便回来。”

“你放心吧，我一定把家照看好，包你一百个满意。”二夫人笑容可掬。

“这下我就放心了。”男子脸上露出满意的笑容。

寒风呼啸，天上飘起细密的雪花。

“伯奇，伯奇！”二夫人站在院子里怒气冲冲地叫喊着。

一个蓬着头发、衣着单薄的八九岁的小男孩，慌忙从床上爬起来，快步跑到二夫人跟前：“娘，叫我有什么吩咐？”

“哼，懒鬼，看你一副享福的样子，快去挑水！”

“噢。”伯奇顺从地回答。

“回来！”

“娘，还有什么吩咐？”

二夫人板着脸冷冷地说：“谁让你喊我‘娘’的？你娘早死了。以后不许喊我叫娘。”

“可是爹让我喊……”

“是吗？”妇女眼珠子一转，“那以后就这样，在你爹跟前你可以喊，你爹不在就不许喊。”

“噢。”伯奇似懂非懂地答应着。

二夫人回到自己的卧房。一个衣着华丽的小女孩朝她跑过来。

“哎哟，我的心肝宝贝儿。”妇女抱住女孩子。

“娘，你为什么对伯奇哥哥那么凶呀？”女孩天真地问。

“你懂什么，娘都是为了你呀！”

“为了我？”

“要是没有了他，那，这偌大的家业以后不都是你的吗！你这个傻丫头……”

一天，二夫人端来了一盘饼，“伯奇，这几张饼给你吃”。

“啊，谢谢……”伯奇接过饼闻了闻，口水都要流出来，“真香。”可就在他伸手去拿饼子的那一瞬间，不知从哪儿窜出一只大黑猫，扑翻了盘子，那些饼撒落一地。

“该死的猫！”伯奇一边骂着，抄起扫帚砸了过去。猫从窗户逃走了。伯奇不解气，追到外面，“我非抓住你不可！”

猫跃上房檐，犹自“喵喵”地朝伯奇叫着，似乎嘲笑他的无能。

伯奇气极，却也无法，叹了口气，走进屋来，却发现地上的饼子不见了，找来找去，终于在屋角发现了一些碎屑儿。再看，不禁大吃一惊：几只老鼠横七竖八的死在一堆，旁边还剩着一些没有吃完的饼渣。

伯奇吓得瑟瑟发抖。

“伯奇，伯奇！”二夫人这时又在门外叫喊。

“哎，哎……”阿奇结结巴巴地应着，声音发颤，用惊恐的眼神看着眼前的妇人。

“咦？你怎么没死？”二夫人不解地自言自语。

伯奇还在发抖。

“这回算你命大。”她皱皱眉头，一扭屁股走了。

春生夏长，秋收冬藏。不知不觉，已是几个寒暑。这一日，天上彤云密布，片片雪花从空中洒落，将那空空谷装点得粉妆玉砌般。

“你们听，外面有声音。”九真正闭目养神，蓦然听见一阵隐隐的哭声，不由睁开眼睛。

他带着两个童子走出房门，打算看个究竟。

远处，一个小孩子挥舞着斧子，“砰砰”的砍柴声在幽深的山谷中久久回荡。那孩子衣衫褴褛，脸上泪痕未干，瘦弱的身子在寒风中瑟瑟发抖。他正是尹宅的伯奇。

“是砍柴的声音，师父。”男童子说。

“师父，他好可怜。”另外一个女童子说。

“非也，非也。那分明是‘怨恨’。”九真似有所思。

“怨恨？”

“不平则怨，人之常情。”九真自言自语，注视了伯奇片刻后转身离去。

生病的伯奇回到家中，又冷又饿，倒在床上。

“伯奇，快起来去挑水。”二夫人又过来喊。

“哎——”伯奇哆哆嗦嗦地从床上爬起来。他步履沉重，头重脚轻，顶着风雪，一步三滑，勉强来到井边，站立不稳，一下栽在井里……

九真掐指一算，心下暗叫“不好”，遂腾云而去。

来到井边，井边早已围了一大群人。二夫人正装模作样嚎哭。

伯奇静静地躺在那儿，早已死去。

“唉，还是做一只自由自在、快快乐乐的鸟儿吧！”九真叹息。

不多时，从井里飞出一只长着尖尖红嘴巴的小鸟儿，它哀怨地鸣叫了几声，展翅飞去。

空空谷。

“我怨呀，我恨呀……”伯奇的魂魄不死，在九真跟前久久徘徊，不愿离去。

“唉，伯奇，从此以后，你就做我的徒儿吧。”九真喃喃说道。

“决呀……”伯奇的魂灵与红嘴巴鸟儿合二为一，飘然落在九真的肩膀上。

伯奇的爹终于回家了。

二夫人鬼哭狼嚎一番，哭诉伯奇的遭遇：“哎哟，可怜他小小年纪哟，等不到你回来哟……”

这回该伯奇的爹哭了。“阿奇，我的孩儿。”他泪水哗哗哗，顺着胡子拉碴的脸直往下淌。

过了一阵子，伯奇爹出门，一连几天都能听见集市上的孩童唱歌：“何辜皇天兮遭斯愆，痛殁不同兮恩有偏。谁说顾兮知我冤……”

歌声凄婉，加上旁边的瞎子期期艾艾地拉琴伴奏，不知为什么，听着听着，伯奇爹竟然听出眼泪来。

“我这是怎么了？”连他自己都有些奇怪。

“这是什么曲子？”他问瞎子。

“我也说不清楚。我一直在这里拉琴混碗饭吃，前一阵子，一个老头莫名其妙教了我这么个曲子，好像叫‘履霜操’，我听着不错，也就胡乱拉一阵。”

“哦。”阿奇爹似乎听懂了，又似乎没听懂。

不过，很奇怪，一连几天，他都梦见自己的儿子伯奇。梦里伯奇长了翅膀，在一口井边盘旋。

“伯奇！“他惊叫着醒来。

他来到井边，渴望看到自己梦中的那个儿子，即使他长了翅膀。

突然间，一只鸟儿飞来，落在井沿上，蹦蹦跳跳，很快活的样子。

“你是伯奇吗？”他冷不丁的一问。

鸟儿眨着眼睛看他。

“如果你是伯奇，就跳到我的手上来。

话音刚落，那鸟儿就“决呀”叫了一声，落在他的手上。

伯奇爹心痛得哇哇大哭，“难道你真的冤枉吗？如果是那个该死的女人害了你，我一定为你报仇。”

尹宅。

一大早，二夫人就被吵醒了，不知哪里来的一只的红嘴巴鸟，一直冲着她叫，头都被吵痛了。她走到院子里，没好气抄起大扫帚朝鸟儿打去，没打中。正当她气喘吁吁追着那只怪鸟时，伯奇他爹出现了。

“你干什么？”他冷冷地问。

“我要打死那只该死的鸟。”她指了指墙角的鸟，那鸟站在墙上，不慌不忙的样子，好像冲着她笑。

“何必这样费事，”伯奇爹很冷静地抽出箭来，搭在弓上瞄准……

令二夫人大惊失色的是，那支带着风声的箭竟是朝着她射来的……

“啊……”她惊叫，在那一刻，从她脑袋里跳出一个念头：莫非他知道了？这下完了，索性闭着眼睛等死吧。那一刻，她突然后悔自己当初的恶毒了。

“当”的一声，箭并没有穿透她的胸，而是落在了地上。因为，一个不知从哪儿冒出来的老头儿，挥着衣袖，将那箭打偏了。

伯奇爹不解地看着眼前这个白头发白胡子的老头儿，不明白他为什么要救下这恶毒的妇人。

“善恶只在一念之间，”九真慈祥和蔼地说，“放下吧，世间万种苦，只因放不下；迷途知返，死树生根。”

“……我不是人呀，我都做了些什么呀……”二夫人泪雨滂沱。

伯奇鸟随着离去的师父飞走了。

这一晚，伯奇他爹又梦见了儿子：“爹，我已经放下了怨恨，我终于可以快乐地飞了。世界上中有一样东西可以使人快乐，那就是宽容与饶恕……”

竹王传说·党参精

在这条破船上
我不想睁开眼睛
因为我的眼睛
很容易看透黑暗
我不愿做　黑夜中的探路者
我要逃
只要有一线光明

冷风一阵阵吹来。

不远处的树丛中，有一颗蓝色的、鸡蛋般大小的丹丸在跳动，一上一下，一上一下。

“让我瞧瞧什么人在装神弄鬼？”浑沌蹑手蹑脚地扒开树丛，惊奇地看到一个只有两尺高的小老头正张开嘴巴，一呼一吸，吞吐着那蓝色丹丸。须臾，他将蓝色丹丸吞到肚子里，活动了一下筋骨，然后打个滚儿，就地变成了一棵党参钻进土里，只有那绿色的叶子露在地上。

“嘿嘿嘿，我运气来了。”浑沌捂着嘴巴直乐，“小小的党参精，你可得乖乖地听话哟！”

没过几天，党参精又吐出内丹来修炼，情形与上回一模一样。浑沌早已做好准备，只见一束红光过处，一个圆滚滚的怪兽出现在党参精面前，还没等他反应过来，便将他的蓝色丹丸一口吞下肚去。

“啊呀，我的内丹，我的内丹。”党参精几乎要崩溃。

“哈哈哈，”浑沌得意至极，“你个小小的党参精，还不乖乖叫我一声‘浑沌魔王’？”

“求求你，”党参精生性懦弱，“求求你了，浑沌魔王，把我的内丹还给我吧！”

“哪有这么简单的事，你当我傻呀？不过，只要你听我的话，事情是可以商量的。”

“我听，我当然听。”党参精连连点头。

“好吧，以后你就乖乖地跟着我，我叫你往东你不能往西，叫你撵狗你不能追鸡！”

“好好好，浑沌魔王，你说了算。”

“看来你还不糊涂，行，那就这样说定了，只要你乖乖听话，总有一天我会把内丹还给你，你还是有希望做神仙的嘛！”

虽然点头哈腰，党参精却是一脸苦相，不情愿地尾随其后……

“呼呼呼……”北风刮得紧。

雪花如扯絮般从天而降，好一片白茫茫大地真干净。

浑沌眯起眼睛想了想，“你……”他朝党参精勾了勾手指。

党参精喝了点儿酒，瞌睡正甜。

“混蛋！”浑沌大喝一声。光光光赶忙过去将党参精摇醒：“魔王叫你呢！”

“哦！”党参精摇摇脑袋，揉揉惺忪的睡眼，慌忙跑过来，“魔王有何吩咐？”

“你这个笨蛋，除了睡觉就是打瞌睡！”浑沌气不打一处来，“你，出去打探打探，瞧瞧竹家军的动静，赶快回来报告。”

“仙师，外面冰天雪地……”党参精有些不愿。

“嗯，你还想不想要你的内丹啦？”浑沌威胁道。

“是是，我现在就去。”党参精将身子一摇，眨眼就钻到地里，不见了。

竹家军的帐篷里，一名伙夫正在做饭，他听到外面似乎有响动，便出去查看。

趁这功夫，党参精从地下钻了出来，不过，出乎他的意料，他来到了厨房。

首先，党参精闻到一股酒香。不错，厨房里有一坛子老酒！他两眼放光，将那酒坛抱在怀里，猛灌一气。

“真香啊！”他咂咂嘴。很快，他就昏昏沉沉的了……

“报……报竹王，我捉到了一个奸细！”伙夫手里提着烂醉如泥的党参精进来了。

“奸细？”众人只见一个小矮人浑身酒气，醉得人事不知。

“大哥，他醉啦！”阿龙用脚踢了党参精一下。

一盆水泼过去，党参精慢悠悠地醒过来，却发现自己被捆绑着，周围站满了怒目而视的彪形大汉。

他这才想起自己干什么来了，不禁惊恐万分。

“你这个奸细！是谁派你来的？说！”

“我不是奸细，我不是故意闯进了你们的厨房……只是喝了点酒……”

“胡说，不说实话我就割掉你的舌头！”阿龙一把将怀里的剑抽出来。

“我真不是奸细……”党参精叫道，哪儿敢承认自己是奸细，他简直连想都不敢想。

见党参精嘴硬，阿龙怒火中烧，一挥手：“来人，把他推出去斩啦！”

立刻过来两名汉子，拖着党参精便走。

党参精吓得灵魂出窍，浑身被抽了筋一样的绵软无力，“完了，我的内丹……完了，我的道行……”他绝望地闭上了眼睛。

“慢，”一直沉默的竹郎终于发话，“放了他吧！”

“大哥，你……”阿龙十分不解。

“弟兄们，听我说。竹家军乃是伸张正义的队伍，没把事情弄清楚，怎能说杀就杀。要知道，我们面对的是生命，不是一棵草！”竹郎面色严峻。

众人听着听着，不由低下头去。

“你走吧，”竹郎对党参精说，“你说你不是故意闯进来的，我姑且信你！”

“唉，真乃正义之士！”心情复杂的党参精，仰天长叹。

“九真仙师！九真仙师！”

九真缓缓回头，忍不住笑了。这不是小小的党参精么。

“你有何事？”

“仙师！收下我吧！我，我……”党参精一激动就结结巴巴。

“你这是——”九真佯装不解。

“而今连洛姆人都归顺了竹王，我怎能执迷不悟！”党参精索性先来个拜师大礼，不由分说朝九真纳头便拜。

“呵呵呵！”九真开心地捋了捋胡子。

竹王传说·浑沌魔王

自卑者

往往以强者的姿势　出现

害怕黎明的来临

所以　追逐黑暗

上古之时。

尧帝老了。

许多时候，他不想面对丹朱。“唉！”他重重地叹了口气。实话实说，他是一个骄傲的人，因为他是至高无上的尧帝啊！普天之下莫非王土，率土之滨莫非王臣，所以他的骄傲是理所当然的。可令他没料到的是，竟有人敢比自己还骄傲，而且不是别人，竟是——自己的儿子丹朱！

这一日，有人奉命送给丹朱一样礼物。

“这是——”丹朱见是一盘棋子，有些不解。

“奉帝命，这是送给您的。”下人恭恭敬敬地说。

“给我？为什么？”丹朱装糊涂。

“帝说，玩玩这棋可以收一下您的脾气。”下人原话转告。

“哦！”丹朱做出恍然大悟的表情，若无其事地点点头。

“丹朱！”

狭路相逢，听到父亲叫自己，丹朱只得回过头来。

“你这几日为何一直躲避我？”尧的口气一如既往的严厉。

“没有啊！”丹朱耸了耸肩，眼里闪过一丝嘲弄，“儿子并没有要躲避父亲的意思，只是儿子的脾气古怪得很，不会像其他人一样毕恭毕敬罢了。”

“你——”

“哦，忘了告诉父亲，请父亲今后不要再拿纵横十道的围棋给我玩了，不好玩。”

“你什么意思？”

“我的意思是我自己发明的纵横十二道的要有意思得多。”

“十二道？”这回，尧是真的迷惑了。

“其实您何必那么费事，”丹朱讥讽道，“管它多少道，无外乎黑白两子而已。”他轻轻地笑了，“世间万物总归来说只是黑与白，父亲，您不能让一切都黑，也不能让一切都白。”

“你——”尧的内心一震。

“父亲，舜真的是个宽宏大量的人。”娥皇轻启朱唇。

“不错的父亲，他的谦让是人人夸的。”女英的纤纤玉指擎起一盏茶奉给父亲。

“嗯——”沉吟了半晌，尧终于发话了，“看来，舜真是一个听话的人哪。”

“什么！”驩兜一下子跳起来，“帝要禅位于舜？”

“是的！”丹朱面无表情。

“可是，为什么？帝明明知道你是那么有才华，那么智慧……”驩兜抑制不住自己的愤懑。

“因为他不需要才华不需要智慧只需要俯首帖耳！”丹朱冲着好朋友大吼一通。

“不！绝不！我不会答应，三苗也不会答应！”驩兜豪气冲天。

丹朱愣了愣，苦苦地笑了。

“帝——舜，舜……”下人语无伦次跑来报告。

“舜？舜怎么了？”尧不解。

“舜率兵将咱们这儿团团围住了！”

“什么！”老实人舜居然会搞政变！这可是尧万万没料到的，眼前一黑就什么也不知道了。

苍茫的大海。

丹朱毫不吝惜地纵身一跃。

别离并不难，难的是直到这一刻自己也没有机会与父亲好好谈一谈。

——父亲，其实我是爱你的。

——只是，我俩都太骄傲。

驩兜冷冷地看着眼前的舜。

“你终于如愿以偿。”驩兜早就料到会有这一天。

“哼！”对于驩兜的愤怒，舜嗤之以鼻。胜者为王败者寇，试看而今谁敢不为自己歌功颂德。“看在你是老臣的份儿上，我不杀你。不过老实说，你一直是反对我的，是不是？你还一个劲儿怂恿丹朱与我作对，是不是？”

“小人！”驩兜真后悔当初为什么要心慈手软，没有飞剑斩了这家伙。

“既然你还这样疯疯癫癫的，那就到崇山去吧，我相信你会老老实实待在那儿，”舜凑近驩兜的耳朵，“我相信你会一直待到死的。”

崇山。

驩兜一声长啸，拔剑在手！

士可杀不可辱！剑锋过处，一抹鲜血从颈项间喷涌而出！

山巅霹雳一声，似乎要将一切化为乌有。

然而却不是。

死一般的静寂后，四周弥漫着彻骨寒冷的阴霾。

阴霾过处，冷风嗖嗖。山谷间蓦然响起阵阵瘆人的怪笑。

——令人想不到的是，驩兜的一腔怨愤死而不散，竟凝结作一个怪兽。

这怪兽早已忘了根本，心中唯有四个字：黑白颠倒。

如果问这世界上我最讨厌的人是谁？答案唯一：没有。

不是我虚伪，是你问的方式不对。你应该问：你讨厌这世界吗？

那么我会毫不犹豫地回答：讨厌。

是的，我不喜欢这世界上的光明，我只喜欢黑暗。

因为，只有追求黑暗才不会感到失落，因为追求光明的人往往落空。你别笑，这可是我的经验之谈。

我相信这世界上像我这样的人很多，很多，所以我从来都不认为自己是孤独的。

有了我们，才有了阴谋。没有任何理由，反正，当我们看到自己害了一个又一个人，干了一桩又一桩坏事，就感到痛快，感到酣畅淋漓。最重要的事，我们感到自己是维护宇宙平衡的使者。

随你们的便吧，叫我什么“魔王”。我不在乎。反正我心里自认为自己是仙师就好了。两者的称谓有区别，但实际的东西有不同吗？哈哈哈，别自欺欺人好不？世上不少冒名顶替的“君子”，其实都是强盗，而那些“贤人”，常常都是流氓。

我也有很纠结、很郁闷的事。比如，我辛辛苦苦栽培的两个徒弟，死的死，跑的跑……

不过，天要下雨，娘要嫁人，由他！

竹王传说·阿木部落

是否上苍
有意如此安排
一粒石子
搅乱了　心波
从此　如同一只贝
唱起一首执着的歌
穿行于浪花　穿行于泡沫
用狂风　骤雨
还有坚硬的沙粒
磨砺出　珍珠

1·多枫

“咚，咚，咚……”

鼓声久久回荡，打破了阿木部落的安宁。

“洞主，折溪部落又来抢亲啦！”一个壮汉跑来报告缅良。

“爹，我怕！”一直站在缅良身旁的阿果连忙拉住父亲的胳膊。

“别怕，别怕，孩子，有爹在哪！”缅良赶紧安慰女儿。

“洞主，我们抓住一个折溪部落的人！”又有人来报。“这回得好好收拾那帮小子，光天化日之下，求亲不成就来抢亲，简直无法无天！”

“把抢亲的人带上来！”

“带上来！带上来！”众人怒不可遏。

一个身穿黑衣、头上缠着布帕的男子双手被捆绑，几个壮汉推推搡搡地将他带上来。

“洞主饶命啊，”那汉子连声的求饶，“是多枫让我们来的，一进寨就被你们的人捉住了……只有我被捉住了，妈的，他们都只顾自己逃命谁也不管我……”

“又是多枫？”

“对呀！他看上了阿果姑娘，做梦都想娶她做老婆……”

“这个混蛋，他也配？”阿果的哥哥阿龙冲上来，踹了黑衣汉子一脚。

“是、是不配，是我胡说八道。”黑衣汉子连连求饶。

“多枫心术不正，我怎能将女儿嫁给他。”缅良说，“今天且饶你一次，你回去告诉多枫，让他亲自来阿木寨赔礼，不然，阿木寨对他不客气！”

“一定带到，一定带到！”黑衣汉子点头哈腰，连滚带爬地跑了。

这一天，多枫进山遊玩。他身后几个随从身上背着箭囊等物。多枫不务正业，成天不是斗鸡走狗，就是打猎作乐。

“野鸡！”一个随从眼尖，指着灌木丛里花花绿绿的野鸡尾巴大叫。

“拿箭来！”

多枫胸有成竹地搭弓放箭，一支翎花箭“嗖”地飞了出去。

灌木林里传来“咕咕”叫声，几只野鸡四散而逃。其中一只从多枫的眼前飞过，多枫慌忙伸手去抓，但那野鸡只让他抓下几根羽毛，转眼便逃之夭夭了。

“没有射中？”多枫见随从空着手从树丛中钻出来，有点不相信。

“没有，洞主。”那个随从老老实实地回答。

“放屁！”多枫生气了。

“他就是放屁……”旁边一个随从连忙说，“洞主箭法高明，刚才我亲眼看到射中的，那野鸡一定躲到哪个草窝窝里去了……”

“那就赶紧去找……”这个随从的活让多枫消气了。

“嘻嘻嘻嘻……”突然，一阵笑声从林子里传来。

“哈哈哈哈……”那笑声愈发肆无忌惮了。

“是谁在笑？”多枫问道。

“是我！”有人应声回答。接着，一团黑雾飞了过来。

“妈呀，是妖怪……妖怪来了！”几个随从抱着脑袋瑟瑟发抖。

“哼，我可不是妖怪！”一个身穿盔甲的人在众人面前站住，“你们看清楚，我是浑沌魔王手下的光光光。”

“浑沌魔王？光光光？”多枫有些迷惑。

“哈哈哈，连浑沌魔王都没听说过？”

“魔王？”多枫眼珠子骨碌一转，“你们是神仙？”

“当然！”

“哎哟！我真是有眼不识泰山！”多枫慌忙下马，带着几个随从一起拜见光光光。

“哈哈哈哈！”光光光看看多枫，“我喜欢像你这样的人，咱们交个朋友，如何？”

“我？”多枫受宠若惊。

结识了光光光的多枫兴高采烈，马上邀请光光光到折溪部落作客。两个人一拍即合，称兄道弟。其实，多枫朝思暮想着阿果姑娘，却被缅良一口回绝，心里憋着气呢。他想硬干，又怕不是阿木部落的对手，正在发愁之际，却遇见了光光光这样的神仙人物，自然想借助他的法力得到阿果。这样的好机会，怎能不利用呢？

2·光光光

那日。

霓光赌气离开空空谷，躲在树洞里，不一会儿便迷迷糊糊地睡着了，进入梦境……

"师兄，师兄……"仿佛还是小时候，扎着两根羊角辫的霞光，跟在他身后玩耍。

"为师罚你面壁七日……"师父九真严肃的面孔浮现在眼前。

师弟们围在他身边哈哈大笑。

"师妹！"霓光慌忙伸手去抓，可是……

霓光醒了，手中竟然紧紧抓住一节枯树枝。原来是南柯一梦。他盯着那节枯枝，摇摇头，不禁苦笑。

"哈哈哈哈，哈哈哈哈哈。"突然，外面传来一阵沙哑的狂笑。

"是谁？"霓光一惊。

不见回答，但笑声却更加放肆。

"是谁？你是谁？"霓光忍不住跳出来，站在黑暗的夜色中。

"哈哈哈，哈哈哈哈。"笑声仍不绝于耳。

霓光被激怒了，挥拳在四周乱打，"是谁？出来，出来！"

"哈哈哈哈，别急别急，我在你心里……"

"在我心里？"霓光禁不住低头看了看自己的胸口，"你胡说。你出来！你这个魔鬼！"

“我可没有胡说，哈哈哈，你说得没错，我就是魔鬼……我是你的心魔。”

“心魔？”

“对呀，我就喜欢像你这样的人了，随我来吧，我会让你满意的……”

一团红光打着旋儿，晃得霓光眼睛发花。那红光裹挟着霓先，很快让他失去知觉。

不知过了多久，霓光缓缓醒来。只见自己趴在一块怪石上，浑身软绵绵的，没有一点力气。

“我，我这是在哪里？”

“嘻嘻，你醒了？”党参精问道，接着回答说，“这是浑沌魔王洞。”

“浑沌魔王？”霓光揉了揉眼睛，终于看清楚面前的那个又肥又胖、长得像狗熊一样的怪兽，这怪兽竟然长了四只翅膀、六条腿。

“啊！”霓光又惊又怕。

“哈哈。你小子觉得我很丑吗？”浑沌摇摇摆摆走过来。吓得霓光连忙捂住眼睛。

“别怕，别怕。”党参精过来对霓光说，“你可不能以貌取人。魔王神通广大，我们应该服从他倚重他，他可以帮你……”

霓光把头抬起来，透过指缝，观察浑沌的动静。

“你小子的事我全部知道，哈哈！九真那个老头儿真是偏心眼儿呀，你明明是他的大弟子，他怎么竟然将武艺都传给竹郎了呢？”

霓光被说中心事，不再用手捂住眼睛。

“这样一来，你那些师弟谁会服气你呢？到时候，恐怕连你的师妹也不理你啦！”浑沌真算得上是霓光的知音！

霓光心里的怒火“腾”地窜上来。

“不过，”浑沌语气一转，“我倒是喜欢你，想传你些功夫，收你当徒弟……”

“我？”

“当然，你很聪明，来吧，我不会让你失望的，让九真那个老头儿后悔去吧！哈哈哈哈！”

霓光一听到九真的名字，心里就发堵，一气之下，竟伏在浑沌脚下。

“好好好，我先送你一件法宝。”浑沌用手一指，不知从哪儿飘来一团黑雾，一瞬间就将霓光裹挟住，越升越高，在空中荡来荡去。

“啊，救命、救命！”霓光吓得面如土色。

“哈哈哈哈，小样儿……”浑沌吹了口气，黑雾落在地上。

霓光安然无恙。

“这可是为师送给你的法宝，它能让你腾云驾雾，来，让我把咒语传给你。”

“多谢魔王。”霓光大喜过望。

“不过，你得改个名儿，以后，就叫‘光光光’吧。瞧，这个名字多响亮！”

“光光光，光光光……”党参精拍手叫好。

大雪纷纷扬扬。

深山里，一条巨大的毒蛇正昂首吐信，守护着它身边的一株草。

忽然，从远处飞来一团红光，原来是混沌魔王。

毒蛇威胁地吐着信子。

“嘿，难道连我浑沌魔王都不认识了？”

那蛇仿佛听懂了，立刻垂下头，乖乖地溜走了。

那株无名小草通体乌黑，泛着光亮。

浑沌将草摘了，衔在嘴里，即刻就飞走了。

已经改名“光光光”的霓光见浑沌回洞，连忙低首迎接。

“好，哈哈！”浑沌得意地大笑，一株黑色的小草落在地下。

“别动！”浑沌见光光光欲伸手去拿，连忙制止。

“这是什么？”

“哈哈，这是师父我送给你的礼物呀！”浑沌说着，兴高采烈地跳起舞来，只见他圆滚滚的身子不停地转着圈儿，一边敲着小鼓：“一株小小草呀，长在深山，通体都是宝呀，无人看见。一条大毒蛇呀，想要霸占，三下五除二呀，叫它滚蛋！”

浑沌摆摆手：“你们过来，看我变戏法！”

光光光和党参精好奇地凑过去。“嗖——”突然那草弹起来，随着浑沌莫名其妙的咒语，在空中上下左右地旋转，渐渐发生了变化：细长的叶子变成了刀刃，粗粗的叶柄变成了刀把，闪闪发光。浑沌张开嘴，吐出一团火光，随着火越烧越大，那刀竟被煅得通体通红。

“啪！”终于，那刀落在一块大石头上，大石头随之裂开，瞬间，碎石乱飞。

光光光与党参精看得目瞪口呆。

“来来来……”浑沌一招手，那刀就像会听话似的落到他毛茸茸的爪子上。

“真是把好刀呀！”浑沌左看右看，“这刀乃是千年毒草‘不眨眼’炼成，只要对方见了血，不足五个时辰便可送命。你喜欢吗？”

“徒儿拜谢魔王。”光光光喜不自禁地接过刀，美滋滋地赏玩着：刀如冰一般冷，阴森森地发着寒光。

3·多枫的阴谋

一阵怪风吹来，卷起了漫天的尘土，遮住了月光，吹得人连眼睛也睁不开。

风终于止住了，阿木部落的人们这才发现折溪部落的洞主多枫骑着一匹马，耀武扬威地站在那里，而旁边的一个男子，盔甲在月光下发出阴森森的寒光。

“你们要干什么？”缅良睁大了眼睛。

“嗨，你的记性真不好，不是你让我来阿木部落赔礼的吗？”多枫一脸无赖。

“你这像是来赔礼的吗？”阿龙抽出了怀中的刀。

“哟，你们阿木部落就是脾气大。”多枫阴笑着，“我这次来是另有要事，你们看……”他指了指身穿盔甲的男子，“他是浑沌魔王手下的光光光，让他来和你们说说……”

“滚开，我们不认识什么‘馄饨’！”阿木部落的人大声喊。

光光光却不慌不忙，口中念念有词，一团黑雾顿时在周围弥漫开来。

阿木部落明白了，多枫带来的这个人会使妖法。

“你们听好，赶快交出两名童男童女，魔王练功要用。不然，我就让你们阿木部落消失。”光光光口水四溅。

“呸！”阿龙顿时火冒三丈，轮着刀砍过来。

“和他们拼了！”人群骚动着，大家手持各种各样的家伙冲过来，有人提来一桶屎尿，朝着多枫劈头盖脸泼过去。

“哎呀，天哪！”多枫浑身臭不可闻，打马就跑。

就在这时，光光光晃眼看见一个美丽异常的姑娘，她的容貌在人群中十分引人注目。光光光眼珠子一转，一把将那姑娘抓了过去。

“阿爸……”姑娘挣扎着。

顿时，人群一下子安静下来。

缅良心急如焚，大喊：“快放了我女儿！”

光光光没想到自己抓住的竟是洞主的女儿，喜出望外：“哈哈，除非你们把童男童女交出来！”

“做梦！”缅良拿着刀冲上来。

“我看你是老糊涂了，你不要你女儿了么？”光光光步步紧逼。

“你……”缅良痛苦地站住了。

“阿爸……”阿果连连惊叫。

光光光挟持着阿果冲出人群，“你们想想清楚，过两天我就来取童男童女。”

“多枫勾结妖人，索要童男童女。你们快躲吧，带着孩子躲得愈远愈好。”光光光和多枫离去后，缅良沙哑着喉咙对大家说。

“‘留得青山在，不怕没柴烧！’妇女和孩子赶快走，男人留下来，保卫阿木部落！”阿龙高呼。

“保卫阿木部落！保卫阿木部落！”呼号声久久回荡在阿木寨上空。

回到折溪部落，多枫与光光光喝得酩酊大醉。

“光、光光大哥，你说、说，就凭你的本事，还收拾不、不了一个阿、阿木部落？”多枫眯着眼睛，舌头都喝直了。

“那是当然！”光光光狼吞虎咽，又将一杯酒灌下肚去。

“哎，童男童女的事，怎么办？”多枫凑近光光光，一股酒气熏得光光光皱紧了眉头。“哼哼，缅良那个老家伙骨头硬得很，我看非得给他点颜色瞧瞧。

“不错！”光光光地拍了一下桌子。

夜色中，折溪部落的人马浩浩荡荡地朝阿木部落开过来。

“快看……”守门人发现了远方蜿蜒的火龙，缓缓地在山路上蠕动。

“报告洞主，多枫来啦！”

“来得好！”阿龙跳起来，“这回可不能让他跑了。”

“慢着……”缅良想了想，“现在是晚上，不可大意。”

多枫站在寨门前，命令攻打寨门。

“不用这么费事，”光光光狞笑着，“看我给他来个人不知鬼不觉……哈哈！”

这时，月亮已上中天，光光光念念有词，逐渐地，一团黑雾遮住了月亮，不久，大地便漆黑一片，伸手不见五指。

“咦？月亮怎么没了？”

“是啊，怎么这么黑？”人们在黑暗中几乎什么也看不见。

一阵“得得”的马蹄声由远而近，急如骤雨，震天的喊杀声几乎把人的耳朵都震聋了。还没弄明白是怎么回事，几名阿木部落的汉子就倒在血泊之中……

缅良被抓住了，五花大绑捆在柱子上。

多枫坐在椅子上笑眯眯地看着他。

“缅良老头，我让你准备的童男童女呢？”光光光问。

“呸！你这个妖人！你把我女儿弄哪儿去了？”

“你女儿诡计多端，在半路上跑掉了……我可是实话实说。你呢，童男童女准备好没有？”

得知女儿无恙，缅良心里的一块石头总算落了地。他扭过头去，决计不再理睬眼前这两个令人恶心的家伙。

“嘿，你不说是不是？”光光光咬牙切齿，一把捏住缅良的下巴，“老头，信不信，我弄死你就像弄死一个蚂蚁？”

“呸！”缅良一口唾沫吐在光光光脸上。

“啪”，光光光恼羞成怒，抬手就打。缅良脸上重重地挨了一耳光，眼冒金星昏了过去。

一桶水泼过去，缅良才醒过来。

“啧啧，真可怜！”多枫阴阳怪气地说，“缅良，你要是早将阿果嫁给我，哪会到今天这个地步？当然，如果你现在答应将阿果许给我，我就在光光光面前说说情，叫他放你走，如何？”

“滚！”缅良气得直哆嗦。

“哎，你就是火气大……”多枫嬉皮笑脸，“那好，你就乖乖等死吧！”他吩咐看守缅良的几个大汉，“把他看紧点！”

阿龙带着数十名阿木部落的人冲出来，在山路上疾行，火把和喊杀声紧追着他们。

突然，前面一条大河阻住了去路。

别无选择，众人纷纷跳水。

待折溪部落的人马追来时，却只见河水滔滔。

“他们一定是喂大鱼啦！”

“阿龙那小子活不成啦！”

于是，他们调转马头回去了。

不一会儿，刚才跳水的男人们纷纷把头露出水面，爬到岸上来。大家点了堆篝火，一边烤着衣服，一边商量着下一步该怎么办。

“我得设法把我爹救出来！”父亲在多枫手里，阿龙焦急万分。

“不行，阿龙，太危险！”

“再危险也得去！”阿龙语气坚决。

“那，我们都去！”

“对，一起去！”

“不，人多容易被发现，你们就在这儿等我的消息！”

阿木部落的一个牛棚里，关押着遍体鳞伤的缅良。两名看守喝了些酒，昏昏欲睡。

阿龙悄无声息地过去。

“有人！”一名看守猛地打了个激灵。

另一名看守也醒来。他俩连忙拿起刀，但已经来不及了，因为他俩看见了阿龙手里亮闪闪的大刀，正在他们眼前晃动。

“不要出声！”阿龙用刀指着他们，“把袜子脱下来！”

那两个人一时不明白阿龙的意思。

“还不快点！”阿龙寒光闪闪的大刀逼了上来，吓得两个看守闭上了眼睛。

“你，用你的袜子把他的嘴堵住，然后把他的手捆起来！”阿龙对其中一个人说。

那人倒是听话，飞快地把袜子塞进同伙嘴里，接着又把同伙的手捆上。这时阿龙一把将他抓过来，用袜子塞住他的嘴巴，把他的手也捆上，然后又将两个人结结实实地绑在一起，把他们拖到旁边一间小屋里去。

回到牛棚，阿龙摇醒了奄奄一息的缅良。“爹，我来救你了……”

“这里危险，你快走！”缅良睁开了眼睛。

“不，爹！”阿龙一边飞快地将父亲背在身上，“那边的磨房里有一条暗道，你放心，他们抓不到我们！”

阿龙把缅良背到磨房，掀开墙角上的一堆乱草和几块木板，地面上赫然出现一个地洞。他小心翼翼地抱起父亲，先把父亲放下去，然后自己也钻进去，返身将洞口掩盖好。从外面看，没有丝毫痕迹。

4·决战

夏夜，草丛中传来阵阵虫鸣。

众人席地而坐，篝火映红了每个人的面庞。

“该死的多枫！”众人禁不住咬牙切齿。

“勾结妖人来作恶，这小子坏透了。”阿龙满怀怒火。

“那妖人叫光光光，口口声声说是什么‘浑沌魔王’派来的，也不知是何方妖怪。”

“‘浑沌魔王’？”竹郎皱紧了双眉，“看他们的行径，恐怕是装神弄鬼的妖人。只有妖人才会索要童男童女来练功。”

“对呀！可是，我们该怎么办？”

“阿木部落已经被多枫霸占，现在要做的，是把阿木部落夺回来！”缅良发话了。

“夺回阿木部落！”

“对，夺回阿木部落！”

阿木部落有一个山洞，洞里不但宽敞，而且冬暖夏凉。山洞坐落在险要之处，占据着地利，因此，被多枫一眼看中，把这山洞作为了自己的巢穴。

这一日，洞中敲锣打鼓，热闹非凡。

原来是多枫聚众在洞中取乐。众人喝酒行令，看着几个腰间挂着木鼓的女人在那里边唱边跳。

阿龙与竹郎伏在洞口不远处的一块大石头后面，观察着洞内的情况。

“这里你一定很熟悉。”竹郎对阿龙说。

“当然，这里是我的家嘛！”阿龙回答，又告诉竹郎一些洞中的走势地形。

竹郎想了想说：“这个山洞门口有许多人把守，易守难攻，可是，你说洞内有个孔洞直通山顶，我们可以从那里想办法……这个通向山顶的洞可以帮我们的忙！”

“对！”阿龙一拍脑袋，“你说怎么办！”

竹郎对凑近阿龙的耳语一番。阿龙边听边点头称好。商量一阵后，他们悄悄从大石头后面退下来。

深夜时分，几个背着东西的汉子沿着陡峭的山坡，艰难地爬到了山洞顶上。

他们从怀里掏出松明，点燃后从天洞投了下去。接着，又将桐油倒下去。

洞中顿时浓雾弥漫，火光熊熊。

“哎呀，逃命啊！”洞中人被烟熏得昏头昏脑，咳嗽喘息。

“他妈的，赶快打开洞门！”多枫梦里惊醒，也不知道哪儿起的火。

洞门吱呀呀地打开了，多枫和他的人往外跑。他们没想到的是，埋伏在洞口的阿木的人，已经等着他们了。

“嗖嗖嗖……”一支支箭射向狼狈逃窜的多枫一伙。眼睁睁看着身旁的随从一个个倒地，多枫吓得哆哆嗦嗦，像被使了定身法一样动弹不得。

多枫战败，被关在囚笼里示众。

“打死他！打死他！”周围满是仇恨的声音。

“坏东西！”小孩子们捡了石块与烂菜叶丢过来。

多枫再也没了往日的威风，像条狗一样蜷在囚笼的角落。

5·万卷书

一团黑雾呼啸而至，光光光的脸不知何时被烟熏黑了一块，狼狈不堪。

“哈哈哈……你怎么弄成这个样子！”浑沌觉得光光光的模样实在滑稽，笑得前仰后合。

光光光一屁股坐在地上，直喘粗气。

“说呀，什么情况？”浑沌睁大了眼睛。

“就、就是阿木部落的事情……”

“哼，一个小小的阿木部落把你弄成这个样子？”

“魔王，您不知道，阿木部落诡计多端，我亲眼看见九真……”

“九真！”浑沌顿时紧张起来，“九真在哪儿？”

“不，我说的是九真的徒弟。”

“你小子倒是把话说清楚！”

“我亲眼看见九真的徒弟指挥阿木部落的人跟我们打，肯定是九真派他来的……”

“这个，”浑沌从椅子上跳下来，在地上踱来踱去，“九真这个老头儿，怎么老喜欢管闲事。”

“是呀，就是他捣乱，童男童女一直没着落……”

“哼，这个老家伙！老虎不发威，当我是病猫！我一定要给他点颜色瞧瞧！”浑沌咬着牙说。

这时，党参精端着果盘进来了，浑沌朝他问道：“你说说，该怎么对付九真？”

“我？”党参精摸不着头脑，“我怎么知道？”

“蠢，大蠢蛋！”浑沌一抬手打翻盘子，里面的果子骨碌碌滚落一地，吓得党参精连连后退。

浑沌从腰间摸出小鼓，忧伤地唱起歌儿来：“我是浑沌魔王呀，神通又广大。收了两个徒弟呀，愚蠢又无能。一天到晚乱转呀，啥事干不成。我生气又伤心呀，能有啥办法！……”

浑沌发泄了一通，觉得心里好受些了，于是又坐回他的椅子。

“你，过来。”浑沌朝党参精勾了勾手指。

党参精连忙上前来。

“你去九真的空空谷打探打探。”

“这……”党参精不大情愿。

“嗯？你还想不想要你的内丹了？快去，打探了情况，快快回来报告！”

“就去就去。”党参精乖乖点头。

这一夜，月亮很圆，空空谷仿佛被镀上一层银光了。

一个身影飘然而来，停在一面岩壁前，念念有词。

岩壁轰然作响，缓缓开启了一扇门。

是九真。只见他缓缓走进岩洞，洞门轰隆隆闭合上了。

“这老头到底要做什么？”党参精半截身子埋在土里，目不转睛地盯着岩壁，“先不管他，先告诉魔王去。”

“什么？岩洞？”浑沌瞪大了眼睛。

“千真万确。”党参精说。

“哼哼，”浑沌很兴奋，“九真，我倒要看看你搞什么名堂！”

又是一晚，月亮还是很圆很亮，岩壁上闪出幽幽的银光。

九真念动咒语，岩壁上的门开启了，同时一道金光射过，耀人眼目。

九真缓缓步入岩洞。然而，就在一瞬间，一团红光钻入洞中。眨眼功夫，红光又飞了出来。

不过，在红光之后，是一道白光。

红光在前，飘飞而去；白光在后，穷追不舍。

也不知飞了多久，终于，红光一闪，浑沌现出原形，在一座山巅站住了。他手里拿着一摞竹简，显然是盗来之物。

“把书还我！”白光落处，九真站在对面的山头上。

“哈哈！我还以为你有多大神通，原来是有天书在手哇！怎么样，借给我看看？”浑沌嬉皮笑脸。

“此乃兵书。兵者，国之大事，死生之地，存亡之道，怎能让心术不正者观看！”九真冷冷地回答。

“你这么说，我就不还你了，怎么样？”

“泄露天机，你我皆罪责难逃！”九真话音刚落，便腾空而起，伸手去抢兵书。

浑沌一下跳开，死不放手。

九真已抓到了兵书，拉扯之下，竹简被扯散了。

浑沌张大了嘴巴，怔怔地看着眼前的一切。接着便一步步后退，趁九真不备，逃之夭夭。

九真呆呆地站在原地，怅然若失。

那竹简一片片飘然而落，落在地上，轰然巨响，一道金光过处，竹简一片摞着一片，竟化成一座岩山。

只见那岩山层层叠叠，堆砌有序，气势巍峨，势如卷帙浩繁的典册齐天堆放，人们便将这里叫做“万卷书”。

九真在大树下闭目静坐。

竹郎悄然而至。

“我知道，你会来的。”九真睁开双眼，看着竹郎。他的眼里满是慈爱。看到竹郎似有话要说，九真走到他面前，牵住他的手，“来吧，我带你去一个地方。”

不知不觉，师徒二人来到了一处岩壁之前。

九真念念有词，岩壁洞开。

竹郎无比惊愕地瞧着师父。

“孩子，进来吧！”

竹郎随师父走进岩洞，只见洞内流水潺潺，云霭弥漫处碧葛攀延、不知名的奇花异草馥郁芬芳。

“啊，真美！”岩洞内别有洞天，竹郎由衷赞叹。

“此乃为师秘不示人之处，”九真在一个石凳上坐了下来。“你来看！”石桌上的竹简发出千条瑞霭，看得竹郎眼睛发花。

“这，就是传说中的兵书。”九真説。

“兵书？”九真笑了笑，“世间奸佞之徒、野心勃勃之辈无不想得到它。可是，只有胸怀宽广、公正无私之人，才配拥有它。”

“师父之恩，天高地厚，徒儿无以为报！”竹郎感激万分，跪谢九真。

“等等，我还有一样东西要送给你！”九真说罢，向远方的天际挥了挥手。

一把剑从天际飞来，静静地落在竹郎手中。

不过，是一把碧绿的竹剑。

“师父，这是把竹剑。”

“呵呵呵，正是。不要小看这把竹剑，你与它却是有缘。”

“我与它有缘？”竹郎反复端详手中的竹剑。

“一切皆不是秘密，而是一个结。可是，能解开这个结的人只有你，总有一天，你会明白一切的。”

“孩子，”九真继续说，“你一定要记住，这把竹剑看似寻常，可是，一旦具备了仁爱的力量，它将会无坚不摧，威力无穷！”

湛蓝的天空中飘着几朵白云。一阵微风吹过，那云又变成丝丝缕缕的烟雾。

6·竹郎来了

多枫一死，他的弟弟多麻当上了洞主。这个多麻，胆子虽然没有哥哥大，但也不是良善之人。

这天，光光光来到折溪部落，找到多麻。

“你就是神通广大的光光光？我听哥哥夸过你。”多麻非常高兴。

光光光更加得意：“你是不知道，上回阿木部落的人三下五除二就被我给收拾了。”

多麻心中不太同意光光光的话，但以前的事情都过去了，他不想太认真：“一提起阿木部落，我就一肚子气，什么时候您能带着我们再去一趟，我也好为哥哥报仇呀！不然，我们折溪部落没脸见人……”

“好，好，”光光光拍了拍多麻的肩膀，“有志气！”

“不好，折溪部落的人又来了！”

喊声又引起阿木部落一片骚动。

“这帮强盗还有妖人助阵，怎么办才好？”缅良忧心忡忡。

“洞主别急，虽然他们人多势众，可是不见得就一定能胜。”竹郎似乎胸有成竹。

“真是这样？”缅良非常高兴。

阿龙挥了挥手中的刀：“竹郎一定有办法。我们大家都听竹郎的！”

多麻与光光光带着折溪部落的人，在阿木部落的寨门前徘徊了许久。

寨门大开，但里面黑咕隆咚看不见一个人影，也没有灯火。唯有天幕上星星点点，闪着诡谲的光。

“搞什么鬼！”光光光不耐烦地说。

“我看是有埋伏。”多麻说，他觉得自己很聪明。

“报告洞主，”探路的人气喘吁吁跑过来，“里面一个人也没有。”

“一个人也没有？”多麻很是不解，用疑惑的眼神看着光光光。

“依我看，八成是阿木部落害怕了，躲到别的地方去了……”光光光说。

“走，进寨子去看看！”多麻一副勇气十足的样子。

当折溪的人马开进阿木寨的同时，鼓声突然响起来了。

“糟了，有埋伏！”多麻惊叫，他的人顿时一阵慌乱。

“……鼓声在哪里，在哪里？”

“鼓声像是在东面……”

可是，还没等他们辨清鼓声的方向，鼓声却四面八方都响起来——是那种激越的、快速的鼓声。

阿木寨周边的山上，有一群群妇女和孩童，她们拿着木棍，敲打着面前的木桶。那种木桶阿木寨家家都有，现在被当成了鼓，当成了武器。

光光光与多麻面面相觑，咚咚的鼓声震得他们晕头转向。

就在这时，“呜呜”的牛角声吹响了，那是冲锋的信号。

“哎呀，中埋伏了……快逃呀！”有人大声喊叫。

折溪部落的人一下就乱作一团，退到寨门口，寨门却紧紧关上了。就是这时，无数支燃烧着的箭就像急雨一样射过来，一时间人仰马翻，哭爹喊娘声一浪高过一浪。

光光光惊恐地睁大眼睛，因为他看见了指挥阿木部落作战的年轻人，竟是竹郎！没错，是他！熊熊的火光映红了他英武的脸庞，是的，就是这张脸让光光光妒恨不已……

见大事不妙，光光光挟着一团黑雾飞快地溜了。

战斗结束，多麻被五花大绑带到缅良跟前。

“饶命啊，缅良洞主！”多麻磕头求饶。

“你为什么要学你哥哥，难道你没看见他的下场吗？”阿龙问道。

“唉，都是那个该死的光光光，他逼着折溪部落的人来打阿木寨……洞主，就饶我这一次，我保证再也不来惹你们阿木部落了……”多麻哭丧着脸，一副可怜相。

“不行，洞主别听他鬼话……”有人喊道。

多麻听见这话，又趴在地上，声泪俱下，不住求饶。

缅良想了想，说：“各个部落要和平相处，避免纷争，大家才能过太平日子……好吧多麻，你可要说话算话，不再跟阿木部落为敌……”

“一定一定，缅良洞主，我说话算话……”

缅良将手一挥，说：“放了他吧……”

在一遍哄笑声中，多麻在两个随从的搀扶下一瘸一拐地走了。

今天是阿木部落一年一度的斗牛大赛。对于部落来说这是件喜庆的大事。姑娘们都戴上银光闪闪的饰品，穿上了节日的盛装。而小伙子们都眼巴巴地盯着自家的牛，因为动人心魄的斗牛赛马上就要开始了。

田坝里人声鼎沸。这时，围观的人让出一个口子，两个年轻人手里分别牵着一头牛朝坝子中间走去。牛的角上系着大红花，颈上的铜铃“叮叮当当”地发出清脆悦耳的声音。

很快，比赛开始了。

两头牛被放开后，从不同方向飞奔而来，“嘭”的一声，牛角碰在一起，几乎撞出火花。围观的人群不断吆喝助威，而两头牛在一次次的奔跑冲锋中愈战愈勇，直弄得尘土飞扬、飞沙走石。鏖战多时后，一头牛终于后退了，但另一头却紧追不舍。

牛主人见状，忙上前吆喝，想拉住牛。可是那牛斗红了眼睛，不顾一切地往前冲，一直冲入人群中。

围观的人惊叫着四散而逃。然而，那头牛完全失去了控制，在人群中左奔右突，不断有人被撞伤跌倒，现场一片混乱。

就在这危急之际，只见一男子腾空而起，一把抓住牛角，稳稳地骑在牛背上。那牛显然不服输，两角抵地，后蹄不断踢打，试图将男子掀翻在地。而那男子死死抓住牛角，在牛背上纹丝不动。只片刻功夫，那牛就跪在地上，嘴角吐出串串白沫，变得服帖了。

骚动的人群平静下来，他们看得清清楚楚：那男子不是别人，正是竹郎！

这时已近黄昏，篝火熊熊燃起，人们载歌载舞，庆祝节日。

“大伙儿静一静，洞主有话要说。”有人大声喊道。

缅良洞主双手端着一碗酒，高高擎在头顶，大声说：“这第一碗酒，敬阿木部落的神灵，感谢他们无处不在庇佑阿木部落的生灵。”说完，将酒洒在了地上。

“这第二碗酒，敬那些战死的灵魂，是他们用鲜血和性命，维护了阿木部落的尊严。”酒洒下去，有人在低低地抽泣。

“这第三碗酒嘛，”缅良的声音微微颤抖，“我敬这位远方的勇士……”还没等众人反应过来，缅良已经将酒碗递到了竹郎面前，“这个勇士就是竹郎。他有一颗金子般的心，是他，救了阿果；是他，有勇有谋，保全了阿木部落……因此，这一碗酒，敬竹郎，他将成为我们阿木部落的新洞主！”

竹郎慌忙站起来，双手连连推让：“洞主，不行不行，我可受不起！”

“受得起，受得起！”缅良呵呵笑着，“大家说说，他受得起吗？”

“受得起，受得起！”众人纷纷响应。

“这次，我们阿木部落请你来，就是想挽留你，我们需要你这样的勇士！”缅良终于将酒碗递到了竹郎手中。

在众人期盼的目光中，竹郎端起碗，将酒一饮而尽。

阿木部落的洞主的加冕仪式是非常隆重的。

部落的大门敞开，路道两旁站着盛装的人们。

“呜——呜——”壮汉们抱手持的牛角号吹响。

在欢快的人群面前，缅良手捧着一顶象征权力的帽子。那帽子是用青布裹成，上面镶有一对纯银做成的牛角。

“呜——呜——”

牛角号悠扬而浑厚，响彻云霄，缅良将那帽子稳稳地戴在竹郎的头上。

“从今天开始，竹郎就是阿木部落的洞主！”缅良宣布。

众人欢呼，鼓号齐鸣。

竹王传说·岩脚部落

红月亮
赤裸着欲望
想升起
却堕落在
无边的深渊

1·红月亮

夏日，骄阳似火。

这是一片参天的松林。

这里，也是战场。

一场血腥的厮杀在所难免。

部落与部落之间的争斗从来就没有停止过。有的时候，因为一些鸡毛蒜皮的小事，双方也会大动干戈，流血牺牲；结果，总是以一方被另一方打败而告终。

此刻，战斗接近尾声，耳畔只听得风吼，那是阵阵松涛。尸体横七竖八地倒了一地。唯有刀氏子孙昂首挺立。这一次，他们又占了上风。

是的，不知经历了几代人，刀氏在一次又一次的弱肉强食的争斗中，顽强地生存下来，保住了岩脚部落这老祖宗留下的家当。

"啪！"

"啪！"一滴又一滴松脂滑落，黏稠的液体很快与地上的鲜血融为一体。

一万年后，它们变成了红色的琥珀。

而刀氏留下一个不成文的规定，无论是谁当家，手里必须持有"红月亮"。

红月亮，其实就是一块琥珀。

传说，每一块琥珀中都有一个精魂。

而刀氏传下的这块琥珀，如一轮满月，满月中流淌着红色的波。

这是祖先的鲜血，也是祖先的精魂！

2·这样一个女人

山路盘旋而上，到了山顶林密云深之处，却是一片开阔地。

这儿，是岩脚部落。

茅草屋里，传来一阵女子笑声。

"阿妈，快瞧瞧，这块布好看吗？"年轻妩媚的姑娘手里拿着一块布不停地比划，优美的身段在阿妈眼前不停地晃来晃去。

"梅儿，唉！"阿妈非但不见一丝高兴，反而拭起泪来。

"阿妈，高高兴兴的你哭什么？"

"梅儿，部落里没有一家愿意把女儿送给洞主冲喜啊，可你，偏偏自己送上门去。听说洞主的病可重了，要是……"阿妈仍在拭泪。

"哼，我才不管呢！"姑娘将银光闪闪的头饰戴在头上，"你看这银饰，我可从来没见过这么漂亮的银饰！阿妈，是我自己愿意的，宁愿嫁过去给洞主冲喜，也总比嫁给穷人强得多。以后，再也不用过这种穷日子了……”

“可是，梅儿，没有真心疼你的人，日子会很难过的。”

“我才不管，穷得叮当响的日子好过吗？这种日子我早就过够了！”

月丘梅是一个不寻常的女人。

她内心深处充满了渴望。她渴望一切可以满足自己虚荣心的东西。在她还是个小女孩的时候，她就梦想着那些美丽的衣裳、闪亮的首饰，梦想着呼前喊后、可以使唤人的生活。但她是一个出身卑贱的女子，这些只能是梦想而已，她绝望地认为这辈子恐怕就只能这样了，就像她的母亲一样，嫁个穷人，守着小小的茅屋过那种艰辛而又清贫的生活。然而，命运之神给她打开了另一扇门，使她终于能够凭着美貌给病得快死掉的洞主刀雄冲喜。同时，她无时无刻不在告诫自己，眼前的一切有可能就像美丽的幻影一样，只要自己稍不留神就会消失得无影无踪。她已经抓住了，但一定要抓牢！她是多么陶醉于那种对下人颐指气使的感觉！当她站在亮堂堂的庭院里，喜滋滋地摸着那些雕着华丽图案的家具时，她终于触摸到了自己的梦想。要保住这些，她月丘梅是可以不择手段的。

月丘梅的住处，是一所精巧的小院。

这天，一个十一二岁的女孩儿小心翼翼地端着一盆水进来：“夫人，山泉水打好了。”

“放下吧。”光可鉴人的青铜镜前，月丘梅左照右照。只见她将乌亮的长发高高地盘在头顶，将一支银钗别上发髻，而后，又将几只闪亮的镯子戴在手上。

她心满意足地俯下身去，用细白的手掬起山泉水洗脸。岩脚山上盛产各种草药，经过草药浸润的山泉自然是与众不同的。

“啪”一声脆响，刚才端水的丫头还没弄明白咋回事儿，脸上重重地挨了一耳光。

“水里怎么有根头发？”月丘梅怒气冲天。

“我不是故意的。”小丫头捂着脸道。

“不是故意的？”月丘梅挽起了袖子，一声冷笑，“你是不是没把我这个二夫人放在眼里？”

“没有哇……”小丫头委屈地哭了。

“以后再这样，我就扒了你的皮！”月丘梅恶狠狠地说。

3·咒语应验了

洞主刀雄其实才四十多岁，可不知怎么的竟得了重病，成天的咳嗽，嗓子就像一个破风箱，上气不接下气，令人不由担心他是否能挺得过这个冬天。于是有人给洞主夫人出主意，不妨娶二房来“冲喜”。本来，洞主夫人是忌惮洞主再娶小老婆的，那不是给自己找不痛快么？可是一想到“冲喜”，便也顾不得了。部落里的人都不看好洞主的病，谁会愿意将自家的女儿往火坑里推。一筹莫展之际，突然传来了好消息。一个叫月丘梅的姑娘自告奋勇地找人来说，愿意嫁给刀雄。于是，一桩各有所图的婚事很快定了下来。

这一刻，刀雄强撑着从床上坐起来，一阵猛咳之后，又是剧烈的喘息。一名年轻的女子忙上前扶他躺下。

这女子便是月丘梅。她挥了挥手，几个丫头退了下去。

“洞主，你的身子怎么不见好呀？你娶我是为了冲喜，但怎么一点儿效果也没有？”

“唉，咳咳咳，咳咳咳……”刀雄又咳起来，这一回，他咳出了血。

“哎呀，是血！”月丘梅故意大叫，“洞主的病更重了呀！”

“你……”刀雄气得直哆嗦。

他面色发赤，眼神直直地盯着眼前这个女人。

他想起外面最近流传的一种说法：因为他手上沾的血太多，报应将由一个女人来实现。

他眼前一阵发黑，昏了过去。

黑夜，一个身影闪进了刀雄的书房。

灯亮了，原来是刀雄的贴身心腹黑蛮。

只见他在柜子里乱翻一通，很快，脸上露出得意的笑容。

一枚红彤彤的琥珀在他的手里发出光，红得瘆人。

“我就知道你会把洞主的位置传给你儿子……哼！”月丘梅冷笑着，将一块写有字迹的绢帕掏出来。

“只要你一咽气，我就会失掉一切……不，不，我不愿意。你太狠心了。所以，我又重新帮你写了一份遗嘱。”月丘梅笑着，从怀里又摸出一块一模一样的绢帕。

“你，你怎么会……”刀雄喘息着说不出话来。

“哼，你是想问我怎么会拿到你写的遗嘱？答案很简单，是黑蛮给我的，不，是我从黑蛮那儿拿来的。只要有好处，什么都可以交换呀！”

这时，一向被刀雄视为心腹的管家黑蛮掀开帘子走了进来。

“你们……”刀雄眼里喷出怒火，可是，他已经无能为力。他只觉得胸口阵阵剧痛。

“洞主，你再忍忍吧！我在你的药汤里加了一味药，相信你很快就不痛啦！”月丘梅冷冷地看着在病床上翻滚的刀雄。

“你，你……”刀雄用颤抖的手指着月丘梅，不过很快他的手就垂了下来，虽然显得不甘心的，但终于还是不动了。

黑蛮拉着刀雄大拇指，在新写的遗嘱上狠狠地按下指印。

葬礼。

刀雄之死，恐怕最伤心的要数月丘梅了。因为，整个葬礼，她的哭声最响。

“洞主哇，你就这么走了……这么大的摊子，你让我个弱女子怎么当家啊！”

“什么？”大伙儿面面相觑，众人皆以为自己的耳朵出了问题。

“这个家轮得到你来当？”刀雄的儿子刀虎站出来，不屑地睨了月丘梅一眼。

“唉！”月丘梅叹了口气，“我倒是不想，可是，洞主非要将这个给我！”说罢，她从怀里掏出一样东西晃了晃。

“红月亮！”众人失声惊叫。

阳光下，那红色就像血一样流淌着。

一时间，这个以妖艳出名的二夫人，就像被蒙上了一层纱，让人捉摸不透。

“这‘红月亮’是刀家的传家宝，没想到，我竟然成了它的主人……”月丘梅大模大样地在椅子上坐了下来。

“把‘红月亮’交出来！”刀虎的刀猛地抵到月丘梅的脖子上。

“嗖嗖嗖……”然而话音刚落，三支利箭便穿透了刀虎的胸口。刀虎还没有来得及哼一声，只是翻了翻白眼，就见了阎王。

黑蛮带着几十个弓箭手冲了进来。

“洞主临终前吩咐，由二夫人来当洞主！”黑蛮大声宣布，又恶狠狠地说，“有谁不服，刀虎就是他的下场……”

“好了好了，”月丘梅挥了挥手，表现出很大度的样子，“不要吓着大家了。”接着便对部落里惊惶的人们笑道，“不过，大家都要听我的话……”

4·采药的姑娘

“云儿飘在高天上喂……”

伴着清脆的山歌，一个老头儿与一个姑娘背着药篓在林间穿行。

“阿爸，你看——”顺着姑娘手指的方向，只见草丛里一株细长的小草，长着几片狭小的叶子，分叉处开出几朵伞状的黄花。

“找到就好了，美娇，这回你阿妈的风湿病能治好了。”老者拿出药铲，小心翼翼将那株草药挖出来，放入药篓。

“站住！”父女俩正要离开，却被几名年轻人拦住了去路。

“你们是干什么的？”

“老头儿，这可是我们岩脚部落的地盘！”

“哦……”老者这才弄明白，原来自己和女儿只顾采药，不知不觉竟进入了岩脚部落的地盘。

“走吧，见我们洞主去！”几个人不由分说将父女俩捆了起来。

洞主月丘梅正兴高采烈地和黑蛮一起喝酒。

黑蛮又敬了月丘梅一杯：“洞主，您可真是女中豪杰呀，我黑蛮自愧不如！”

“我不早就说过吗，往后这岩脚部落就是你我二人的，你要什么，我就给你什么！来，再赏你一杯！”月丘梅亲自把盏。

“报告洞主，抓住两个人。”有人进来报告。

“哦？干什么的？”月丘梅头也不抬。

“阿木部落的人跑到岩脚部落的地盘上来采草药。”

“好，胆子不小嘛！”月丘梅抬眼瞧了瞧正在打哆嗦的父女俩。

“洞主，怪我们只顾找药，走错了方向，求洞主放过……”

“放他们回去，以后不准踏进岩脚部落半步。”月丘梅吩咐。

父女俩心中暗自庆幸，拔腿欲走。

“回来！我差点忘了，”月丘梅仍是笑嘻嘻的，“把那老头的耳朵割下一只来，得让他长长记性。”

“阿爸，阿爸——”少女拉住父亲的衣襟不放。

“这女孩嘛，”月丘梅的眼珠子转了转，“长得还真漂亮……黑蛮，就赏给你做老婆，如何？”

“多谢洞主！”黑蛮心花怒放。

“救救我呀，阿爸……”美娇叫喊着被拉走了。

她阿爸被割了耳朵，赶出岩脚部落。

美娇阿爸找到洞主竹郎，把事情的来龙去脉说了一遍。他的半边脸上敷了草药，用白布包着。

“好歹毒的婆娘！”阿龙气得跳脚。

“老人家，你不要着急，我们会想办法把你女儿救出来。”竹郎安慰老人。

“大哥，”阿龙从人群中走出来，对竹郎说道，“让我去吧。”

“我也去。”

“我也去。”几个小伙子摩拳擦掌。

“好吧，你们一定要小心。”竹郎点头答应。

5·沆瀣一气

“拜见魔王。”

“拜个屁，你这个笨蛋！”浑沌指着光光光的鼻子，“你说说，你能干啥？哼，一个阿木部落就弄得你屁滚尿流！”

“魔王骂得对……”光光光被骂得缩头缩脑。

浑沌一阵冷笑：“听说九真的徒儿，那个叫什么竹郎的，当上了阿木部落的洞主……哼，他可比你有出息多啦！”浑沌一脚踢飞一颗石子儿，石子儿不偏不倚，正好弹在光光光腿上，痛得他龇牙咧嘴。

“没出息的家伙……”浑沌叹了口气，拖着腮帮子琢磨半天。

“你过来。”他对光光光说，然后朝他附耳低语一番……

这天，光光光找到黑蛮。光光光来执行魔王的命令。现他清楚了，别看黑蛮这家伙又黑又丑，却是女洞主的红人，只要连哄带骗把黑蛮拿下，女洞主那边也就不会有什么问题，到时候，让岩脚部落和阿木部落打起来……

“什么？法力？”月丘梅拿着面镜子左照有照，对自己的形象很满意。她一边听着黑蛮的报告，一边盘算着再去做几件新衣裳、打几件新首饰。

“是啊，听他自己说，他能呼风唤雨哦！”黑蛮凑近了月丘梅，“何不让他试试，万一用得着……”

“好吧！”月丘梅转了转眼珠子，“就按你说的办！”

“轰隆隆……”

只见天边渐渐升起一团乌云，渐渐的，乌云遮住了太阳，刚才还是万里晴空，瞬间乌云密布。

顷刻之间，狂风大作，电闪雷鸣，紧跟着豆大的雨点哗啦啦落下来。

“怎么样，洞主？”黑蛮大喜。

“瞧不出来嘛，是有两下子。”月丘梅笑了笑，开始是将信将疑，现在是深信不疑了。

“这都是洞主的洪福呀！”黑蛮趁机拍马屁，“来了这么个神通广大的光光光，您就如虎添翼了，看谁敢和岩脚部落作对。”

月丘梅眉开眼笑。

夜，黑漆漆的。岩脚部落一幢木楼里却笑语喧哗，灯火通明。

光光光醉得醺醺然，用劲拍了拍黑蛮的肩膀，“往后，咱俩就是哥们儿啦！”

“那是自然。瞧瞧，洞主赏给咱俩的，”黑蛮从盒子里抓起一些金银珠宝，乐不可支，“洞主可真够意思。”

此时，几个人影飞速地穿过树丛灌木，猫着腰走到木楼前。

“阿龙哥，就是这里……”有人小声说。

“是的，这是黑蛮的住处。”

几个人一番商量，决定动手。但他们刚翻过院墙，几张大网就将他们牢牢地罩住了。

“哈哈哈，自投罗网！”四周亮起火把，黑蛮和光光光得意地看着在网里挣扎的阿龙等人。

前往岩脚部落的山路上，飞驰着一匹白色的骏马，马背上是身穿白袍的竹郎。只见他双眉紧锁，不时用手擦着额头的汗水。此刻在他的脑海里，就只有一个念头，那就是救人！

光光光与黑蛮并肩站在高高的山头，盯着远处那个飞驰的白点。

“哈哈，来了。我们就等着看鱼儿上钩啦！”黑蛮手舞足蹈，“光光光，你可真是料事如神呢！”

光光光冷冷地盯着马背上的竹郎。

一进入岩脚部落的地盘，竹郎老远就瞅见了阿龙等人被捆绑住双手，一字儿排开吊在高高的大树上。他飞身下马，跑到大树前。

“别过来……”阿龙使出全身的力气。

可是，晚了。只见一团黑雾将竹郎团团裹住，他眼前一黑，就什么也不知道了。

但竹郎的那匹快如闪电的坐骑“白风”，却机灵地掉头逃开了。只一眨眼功夫，便不见了踪影。

6·美娇，美娇

渴，太渴了。

“水，水……”仿佛才从一场噩梦中醒来，竹郎头痛欲裂，四肢麻木。一时间，他的意识一片模糊，“我在哪里，我在哪里？”

“哗”的一声响，一盆凉水朝他泼过来。

竹郎打了个激灵，一下清醒了。

“哈哈。”黑蛮大笑，他的大胡子随着他的笑声抖动，就像一窝丑陋的枯草。

月丘梅冷眼看着竹郎，在她的眼里，无论是谁，只要胆敢与岩脚部落为敌，与自己为敌，那就必须让他死得很惨。

而光光光，则用狼一样的眼睛狠狠盯着倒在地上的这个人，想起九真，想起空空谷，他心中总是充满怨毒。

“你们到底要干什么？”竹郎站起来。他看清楚了周围的几个人，对他们的身份也猜了个八九不离十：那个妖娆的女人，应该是洞主月丘梅;旁边那个粗鲁丑陋的男子,就是黑蛮……可是,他简直不敢相信自己的眼睛,那个身穿盔甲、目光凶狠的男子,竟是自己的大师兄——霓光!

“你,你是霓光!”竹郎看着光光光失声叫道。

“哼,你还认得我?”

“师兄,你怎么会在这里?”

“我怎么会在这里?”光光光回头瞅了瞅众人,“他问我怎么会在这里?哈哈,他居然问我怎么会在这里?!”

“莫非,霓光,你是……”

“这里没有霓光,只有光光光。你好像还是晕晕乎乎的?来,再给他醒醒神!”

“哗”,一大盆水又泼在竹郎的身上。

竹郎无论如何也不明白霓光怎会变成光光光。

“霓光,那么,你拜了浑沌为师了?”

“住口,什么霓光霓光的,这里只有光光光。从前的霓光早已经死了。”

“可是,师父如果知道你跟着浑沌为非作歹……”

“师父?你是说九真那个老头儿吗?告诉你竹郎,我的师父只有一个,就是浑、沌、魔、王。”

“浑、沌、魔、王?”竹郎笑了。

“你笑什么?”黑先锋不明白。

“我笑的是,一个为非作歹善恶不分的妖怪,你会叫他师父?”

“你找死!”光光光又羞又恼,上前去狠狠地踢了竹郎一大脚。

“哈哈哈!”竹郎犹自笑个不停。

“我就知道,”光光光咬牙切齿,“你们都瞧不起我……九真那个老头儿也一样,他眼里只有你,我什么也不是!”

“算了吧，光光光。”月丘梅笑吟吟地走过来，拍了拍他的肩膀，“我说，你没必要为了一个要被处死的人发那么大的火，还是省省力气吧，让黑蛮带你喝酒去。”她又看了看竹郎，“阿木的洞主，你就这样完蛋了么？可惜哟……”

芭蕉丛中，传来低低的泣哭声。

美娇，这个美丽而又善良的姑娘，整天以泪洗面。

“姑娘，你老是这样哭，不吃不喝的，我可没法交代！”一个老太婆站在一旁，愁眉苦脸地看着美娇。

美娇不理睬老太婆，只是呆呆地看着远方。

“你还是想开点，黑蛮管家交代的，只要你答应他，什么事都是可以的……”

“呸！”美娇扭头吐了一口口水。

“俗话说，‘小胳膊拧不过大腿’，”那老太婆兀自说着，“前几天，你们阿木部落来了几个人，还不是都被抓起来了……”

“什么？”美娇警觉起来，“谁被抓起来啦？”

“这个，我……”老太婆自知失言，忙掩住嘴巴。

美娇眉头一皱，计上心来：“只要你把事情告诉我，我就吃饭。”

老太婆犹豫了片刻，小声说：“前几天，来了几个阿木部落的人，被黑蛮管家抓住，关在燕子洞里。”

美娇一边听着，一边思忖救人之计。不一会儿，她换了种模样，笑着对老太婆说：“听你这样一劝，我也就想开了。你去告诉黑蛮，就说，我答应了。”

“哎哟，谢天谢地！”老太婆顿时眉开眼笑。

婚礼在即，被人打扮成新娘的美娇，左右端详手里拿着的几朵花儿。

那花红艳艳的，煞是好看，只有自小和草药打交道的美娇知道，那是剧毒的曼陀罗。

美娇在铜镜前思绪万千。她看着自己美丽的容颜，一行清泪不知不觉流了下来。她拿起木梳，仔细地将头发梳理整齐，然后，将几朵曼陀罗插在鬓边。

入夜，来道喜的人划拳行令，不一会儿，将黑蛮灌得醉醺醺的。

新房里，灯烛明亮。美娇盯着桌子上的酒壶。她取下插在鬓发上的曼陀罗，打开酒壶的盖子，将花放进酒壶。她神情坦然，面色平静。

当黑蛮进房后，她端起一杯酒递给他："我们今后就是夫妻了，来，我敬你一杯！"

"嘿嘿嘿，看不出，你还挺懂礼数。"黑蛮高兴地接过酒杯，一饮而尽。

然而，酒一下肚，他就觉得有些不对，为什么那酒一进口，就两眼发花、四肢无力呢？紧接着，他觉得全身好像有无数只蚂蚁在咬啮着他的骨头，而且一直咬到五脏六腑，他想喊，但已经喊不出声了……

燕子洞。

几个守门人看见美娇走过来，感觉很奇怪：咦！这不是黑蛮管家新娶的夫人吗？

"你们辛苦了，都来喝点喜酒吧！"美娇很开心的样子。

几杯酒下肚，几个看守便横七竖八地倒下了。

美娇打开大门，果然，阿龙、竹郎等几十个阿木寨的人全被关在里面。

美娇的出现自然让大家又惊又喜。

"快走，快走……"来不及细说，美娇招呼众人赶紧撤离。

喊杀声传来，是光光光带人赶来了。

竹郎带着阿木部落的人往外冲，光光光领着岩脚部落的人围堵阻拦，于是双方一场混战。

阿木部落的人愈战愈勇，他们相互照应，冲出了岩脚寨。

光光光气急败坏，大声喊叫："抓住他们，抓住竹郎，抓……"突然，他脚底一滑，踩在一块石头上，骨碌碌地滚下山坡去了。

美娇跟着大伙儿一起奋力往外冲。她是多么高兴啊，只要冲出去，就可以看见亲人，就可以回家了。但"嗖"的一声，不知从什么地方射来的一支箭，穿透了她的胸膛，殷红的血汩汩冒出来，瞬间就把她的衣服湿透了。

"美娇妹妹，美娇妹妹……"竹郎将美娇抱在怀里，急切地呼唤着她的名字。

"我、我想我阿爸，我恨……"美娇没有说完，她永远闭上了那双美丽的眼睛。

7·威宁湖

"威宁湖来宽又宽嘞，
团团转转都是山喽。
哥是青山永不老哎，
妹是湖水永不干噢。"

一个身穿短衣的小伙子立在船头，一曲山歌唱完，引来一片喝彩。

"好，那宇，唱得好！"

"再来一个！"

名叫那宇的小伙子摆了摆手，"不唱了不唱了，光顾着听我唱歌，要耽误了大家干活了。洞主有令，今天必须打上足够多的大鱼，不然，岩脚部落又要来刁难我们。”

“唉，”一个老者连连摇头，“这不明摆着是抢嘛！”

“就是，仗着个什么光光光，什么坏事都做！”

“别说啦，连咱们洞主都怕他们三分，听说他们会使妖法！”

众人议论了一通后，各自忙着打渔去了。

湖水荡漾处，水草摇曳。秋季来临，威宁湖上蒙上了一层薄薄的水雾，缥缈，美丽。一群群黑颈鹤从远方飞来，将在这里渡过漫长的冬季。它们的到来，又为威宁湖增添了几分生气。

“那宇……”岸上急急忙忙跑过来几个人，招手喊那宇。

“来啦。”那宇忙撑船靠岸。

威宁湖的洞主安普带着几个人来了。安普老了，六十多岁的年纪，脸上刻满沧桑的皱纹，头上缠着青布，身上披着灰色斗篷，有些驼背。

“洞主怎么来啦？”那宇跳下船，赶紧给安普行礼。

“今天打了多少鱼？”安普一脸焦急。

那宇拿过鱼篓，里面只有几尾不大不小的鱼。“今天运气不好，就打了这几条。”

“糟了糟了，岩脚部落的人又来催了，而且要大鱼，”他顺手捞起一尾鱼，“这样的小鱼有什么用！”他的手一扬，鱼儿被丢进湖里，瞬间游得无影无踪。

那宇挠了挠头发，一时不知说什么才好。

“该死的，也太霸道了。”安普的随从嚷嚷。

“咳，有什么办法！”安普愁眉苦脸，“月丘梅那个婆娘心狠手辣，手下还有个呼风唤雨的光光光，牛气得很。”他瞅了一眼湖中打鱼的船只，“那宇，你要盯紧点，一定要打几条大鱼，我们可惹不起岩脚那些人！”说罢，叹口气，带着随从走了。

打鱼的船在湖中忙碌。忽然，传来一阵欢呼。“看啊，大鱼，好大的一条鱼啊！”

有人终于钩到了大鱼，将手中的渔叉投过去，只见一条五六尺长的大鱼背上拖着渔叉，奋力逃跑，不过速度越来越慢，最后还是翻了白肚子。

“老天爷，我活到这把年纪，可从来没见过这么大的鱼！”一个上了年纪的人说。众人将鱼弄到岸上，都啧啧称奇：“这么大的鱼，一定要祭拜湖神才是。”

这时，来了一队人马，为首的大声嚷嚷着：“哈哈，来得早不如来得巧！弟兄们，把鱼给我弄走！”原来是光光光，他毫不客气。

“慢着，”那宇伸手阻拦，“这鱼才打上来，还没有祭过湖神。要把鱼拿走，等我们祭过湖神再说！”

“去你的，过几天就是我们洞主的生日，这鱼正用得着！什么湖神不湖神，我们不管！”岩脚部落的人横蛮地说。

对湖神如此不敬，惹怒了那宇，他一把抓过鱼叉：“谁敢过来，试试看！”

所有的渔人都握紧了渔叉。

“我看你们是活得不耐烦了！”光光光双臂一挥，口中念念有词，接着，一团黑雾喷出来，朝那宇等人漫过去。只见渔人们身子晃了一晃，便纷纷倒地，不省人事。

“把他们统统给我扔到湖里喂鱼！”光光光狞笑。

8·地图

几匹马沿江而驰。

“吁……”阿龙勒住马头。“大家都累了，歇歇吧，也把马牵过去饮一饮。”

众人下马休息。阿龙躺在一块大石头上，秋日的阳光明晃晃的，温暖地照着大地。看着天边的浮云，阿龙不由浮想联翩。

这时，远处突然有人惊叫。

那是江边饮马的一个小伙子，他的手指着远处，“那里……江边有个人。”

阿龙一跃而起。

大家这时都看见了，有个人浮在水里。“真是个人，恐怕已经死啦……”有人说。

“赶快拖上来，看看还有没有救。”阿龙说。

大家七手八脚，将水中的人拖上岸来。那是一个男人。阿龙试了试他的鼻息，说：“还有救……赶快回阿木！”

阿木部落的人抬着昏迷不醒的男子，朝寨子奔去。

威宁湖，不得安宁了。

老洞主安普紫檀色面庞上的皱纹显得更深了。

他老了，面对岩脚部落，他有些无能为力，虽然心中不甘，但又能怎么样呢？

光光光又来了。

安普站在一边，愁眉苦脸地看着光光光。

光光光坐在椅子上，得意洋洋地跷着脚：“还有几天就是我们洞主的生日，叫你们弄的大鱼呢？”

“咳，你们三天两头来要鱼，威宁湖的大鱼已经被打得差不多了，哪里还有呀？”安普强压住怒火。

光光光一下子跳起来，“没有大鱼？少给我耍滑头。连几条鱼也弄不上来……干脆，你是把威宁湖让给我们岩脚部落算了！”

“咳咳咳……”安普气得一阵猛咳，半天说不出话来。

“哈哈哈……”光光光旁边的小喽啰们放肆地笑起来。

被阿木寨的人从江边救起的那宇，经过一段时间的调养，渐渐恢复了元气。他认识了竹郎和阿龙，相处中，三人意气相投，成了好朋友。那宇要回威宁湖了，竹郎与阿龙亲自送别，依依不舍。

“那宇，你一定要说服安普洞主，如果再退让下去，威宁湖危在旦夕。”竹郎说。

“大哥放心，我回威宁湖后马上去见洞主，把你的想法告诉他。等我的好消息吧！”那宇拱拱手。

深夜，安普心事重重，难以入睡。想起白天面对光光光的那一幕，他忧心忡忡。

“咚咚咚……”有人小声敲门。

“谁呀？”安普问。

“老洞主，是我，那宇。”

“那宇？你还活着？”安普一下子从床上爬起来，将灯点上，迅速打开了房门。

“哎呀，那宇，真是你吗？我不会是做梦吧？”

“老洞主，真的是我。”

“谢天谢地，你还活着，”安普颤抖着双手拉住那宇看了又看，“可是，其他几个人怕是回不来啦……唉，都怪我无能啊！”安普说着，留下了伤心的泪水。

“老洞主，这不能怪你……”那宇一边安慰着安普，一边想怎样说服他与岩脚抗争。

“我们被光光光丢到湖里，漂到江里，大水把我冲到下游，是阿木部落救了我。”

“阿木部落？”安普若有所思。

“岩脚部落也对他们多有为难……”那宇着说，“不过，阿木部落的竹郎洞主说，他们要跟光光光斗，不能一味退让。”

“老话说，多行不义必自毙。岩脚部落坏事做绝，老天会惩罚他们……咳、咳、咳……”安普一生气就咳嗽。

“老洞主，难道咱们威宁湖就一直忍气吞声吗？”

“不，那宇，你太小瞧我老头子了……我这一把老骨头怕什么，我怕的是威宁湖的人受苦哇！”

“可是，我们任人宰割话，威宁湖的人民会更苦的！”

安普示意那宇小点声，他走过去，打开门四下张望，确信没有人，才又重新把门关好。

“那宇，”安普一把抓住那宇的手，“你是我看着长大的孩子，这威宁湖方圆几百里，你是数得着的勇敢、机灵……但事到如今，我担心这威宁湖在我手上，恐怕是很难保住啦……咳、咳咳……”

“啊，老洞主……”

安普心中充满无限的伤感。他摸摸索索地从身上拿出一把钥匙，递给那宇：“你过去，把我床头的柜子打开。”

那宇打开了柜子，里面有一个小木匣。

“把那个小匣子拿出来。”安普说。

那宇小心翼翼地把匣子放在桌子上。

安普打开了匣子，将里面的东西摊开。

“地图！”那宇惊讶万分。

“对，这是地图。”安普小心地抚摸着它，就像抚摸着心爱的宝贝。“这羊皮地图，是我的父亲传给我的。我从来没有给别人看过。可是，今天，我就把它交给你啦！”

“什么？”那宇不敢相信自己的耳朵，“老洞主，我……”

“你听我说！”安普神色庄重，“这地图上，画着整个牂牁江周边的地势地形，这个东西用处很大……”他闭上眼睛思索了一会儿，“我已经听说，阿木部落的洞主竹郎，是个有勇有谋的人。这地图，你就转送给他吧！”

那宇恍然大悟：“老洞主，我明白了。您老放心，我一定把它送到竹郎手中！”

灯下，安普将地图展开，指点那宇看那些错综复杂的地形、水流和道路。

“太好啦，我马上去阿木寨！”竹郎喜出望外。

9·联手

湖边摆满香案，众人虔诚地祷告。

“湖神啊，威宁湖的人，世世代代全靠你保佑着，今天，求你再帮帮我们……”安普磕头。

“湖神爷爷，帮帮我们吧！”

“求求您了，湖神！”

天色大变。

湖中起了大风。

一股白练从湖中腾空而起，越升越高。白练越来越粗，似有一股无形的力量将那白练扭成麻花状。

众人惊呆，怔怔地仰望半空。

“轰”的一声后，半空中，一道金光划过，几只黑颈鹤直冲云霄，白练散开，无数条大鱼“嗖嗖嗖”从湖中跃起。

“湖神显灵啦！”众皆欢呼，安普高兴地流下泪来。

阿木部落。

竹郎的手指在羊皮地图上游走，“咱们顺着这条小路，可以很快到达岩脚部落。”

“对，岩脚在高处，只要把这条小路堵死，谅他们插翅难逃。”阿龙说道。

竹郎回过头去问那宇：“威宁湖那边怎么样？”

“放心，早已安排妥当！”

嘹亮的牛角号响起来。

阿木部落的人手持各钟武器，大家神情肃穆。

阿果带领着一群姑娘匆匆赶来，将酒碗递到壮汉们的手中，米酒散发出浓烈的香味。

“弟兄们，喝了这碗酒，咱们就要上战场啦！”阿龙将碗里的酒一饮而尽。

“弟兄们，”竹郎身披战甲，端起了一碗酒，“大家应该都明白，岩脚部落无恶不作，如果让他们恣意横行，咱们将永无宁日。所以，我们只有一条路可走，那就是用我们手中的刀狠狠地教训他们，哪怕是流血，也要把那些为非作歹的坏人除掉，洗净他们给我们带来的耻辱！”

美娇她阿爸颤颤巍巍地走上前来，老泪纵横，举起手里的酒碗，“这碗酒，我先代替美娇敬大家啦！”

“抓住月丘梅，为美娇姑娘报仇……”大家齐声喊。

寿宴很热闹。

月丘梅非常享受这样的感觉。

她甚至想：如果没有这些人围着她团团转，自己将如何打发时光？看着盛大的场面，她突然感到一丝不安，阿木部落的人逃掉了，他们不会就此罢休。不过她又想，她有光光光呢，听说那个竹郎厉害，但不也是被光光光抓住了？那样看来，什么都不用担心，好日子还很长呢！

此时，岩脚寨人来人往热闹非凡。周边的一些部落纷纷前来送礼道贺。当月丘梅把玩着那些发光的首饰、华丽的布匹，简直高兴得要发疯。因为，这些都是她梦里所渴望的东西啊，现在竟然那么真实，一切都属于她所有。一想到自己人前人后风光无限，一想到自己发号施令时的威风，她心中就感到无限的满足。即使是在漫漫长夜中由于心虚而产生的梦魇，对于她来说也不算什么了。

"洞主，威宁湖的人来了。"

"哦？送什么来啦？"

"他们送的是上好的大鱼，有好多条呢！"喽啰比划着。

"算他们识趣。"月丘梅很惬意

早在几天前，阿木部落的人就与威宁湖的人汇合了。大家一律渔人打扮，竹郎与阿龙也戴了斗笠，装扮成渔人的模样，抬着大鱼来给月丘梅拜寿。

月丘梅不时与来客们推杯换盏。几杯酒下肚，不觉有点飘飘然。

"嗖嗖嗖"，突然，三支箭带着凌厉的响声奔月丘梅而来。

"哎呀，有刺客！"正在猜拳行令的光光光跳起来。

大厅中一片混乱。

光光光夺路而逃，却与一个人撞个满怀。四目相对，呀，竹郎！

"你，你要干什么！"光光光毕竟心虚。

"你为虎作伥，今天，我代师父他老人家清理门户！"竹郎抽出腰间的剑。

光光光步步后退："竹郎，师弟，饶了我吧，饶了我吧……"

光光光的表现出乎竹郎意料，他本来是一腔怒火要找光光光算账的，可是一看眼前光光光狼狈的模样，他持剑的手不由自主颤抖了一下。

觑准机会，光光光"噗"地放出一团黑气，借着黑雾的掩护溜之大吉。

"卑鄙！"竹郎气得两眼发光。

岩脚部落的喜筵变了样，哭喊着逃路的有之，没头没脑互相踩踏的有之，哭爹喊娘的亦有之。竹郎和那宇率众在里面冲杀，阿龙则躲在路边一块巨石之后，守株待兔。

果然，小喽啰背着月丘梅匆匆而过。

"站住！"阿龙一声断喝。

小喽啰吓得魂飞魄散，丢下月丘梅便逃。

月丘梅直发抖，明知自己将要完蛋，却并不死心，眼珠子一转，做出妩媚之状："好汉，手下留情，你看，我美不美呀？"

"美……"阿龙冷冷应道。

"真的吗？"月丘梅愈发娇嗔。

"美女蛇！"阿龙一声怒喝，"你这个歹毒的女人，你算算，你害了多少人？我要是饶你，天理难容！"

月丘梅瘫倒在地，阿龙一剑刺去，鲜血四溅。

月丘梅拼着最后一口气，在地上抓着什么。阿龙一看，原来她手心里抓着一朵银珠花，到死都没放手。

虚荣心就像毒蛇，咬啮着人的心灵，使人蜕变，使人变形……

而在阿木部落的一间小屋内，摆着香案。阿果闭目，虔诚祷告。

"阿果姐姐，阿果姐姐，我们的人回来啦！"一个女孩子高兴地跑进来。

“什么？”阿果一时发愣。

“我们的人回来啦，我们打赢啦！”

两个女孩儿高兴得团团转，跑出去迎接得胜而归的人。

竹王传说·陀溪部落

贪婪

是一把剑

斩断人的良与善

1·决定

阿木部落。

炉火熊熊，铁被烧得通红，传来“叮叮当当”地打铁声。人们在打造兵器。

塞门上，一面绣有“竹”字的大旗迎风招展，鲜红夺目。

夜晚，仰望天空，竹郎又看见了那颗北斗星。

在竹郎的眼前，浮现出师父给他讲的那个故事：“当一个人的爱心放大的时候，就是仁爱。也只有这样的爱，才是无私的；也只有这样的爱，才能化解所有的痛苦与忧伤。”

他闭上了眼睛，眼前浮现出母亲的面庞。

“一个人学艺的目的多种多样，而最高境界，就是大爱苍生！”竹郎端详着手中的竹剑，又想起师父的话：“孩子，你一定要记住，这把竹剑看似寻常，可是，一旦具备了仁爱，它将会无坚不摧，发出无可匹敌的威力！”

睁开眼睛，手中的竹剑在北斗星之下金光闪闪。

他做出了一个决定。

将要踏上新的征程。对，从明天开始。

2·哥俩

怪石林立的陀溪山洞，是陀溪洞主莫萨的领地。莫萨身如铁塔、力大无穷，却残暴至极，陀溪的百姓对他又恨又怕。

“嗨……”只见莫萨手里拿着一根粗大的铁棍，双手一用力，铁棍被他扭弯。

围观者拍手叫好。

“哈哈，怎么样，服了吧？”一个矮子得意洋洋地叫着，跟在莫萨的身后形影不离。他就是莫萨的兄弟莫茋。此人不但长得又瘦又矮，而且，一条腿短一条腿长，走起路来一瘸一拐。别看其貌不扬，却诡计多端，肚子里的坏水比他的哥哥还要多。

“洞主，我把人抓来了！”一个被捆住双手的老人被推过来。

“你就是那个不交粮食的老头儿？”莫萨眼白一翻。

“洞主，实在是没有办法呀，今年地里连一棵草也不长，更别说庄稼，所以……”

“所以，你就一点粮食都不交？”莫萨将扭弯的铁棍在老人面前晃了晃。

“洞主，我真的没说一句假话，”老人吓得直哆嗦，“不信你亲自去看，我家地里就只长了一棵瓜秧，到现在还没结呢！”

“什么？一棵瓜秧？”莫萨觉得老头实在滑稽，他回头望了望众人，

“哈哈哈，一棵瓜秧？”

莫萨手下的人也笑得前仰后合。

“不给你点颜色瞧瞧你是不会说实话的……”莫萨冷笑着，脸拉得老长。

“老哥，瞧我的……”莫茋一脸的坏笑，“来呀，把我的宝贝拿来！”

不一会儿，两个爪牙抬来一个竹篾编的篓子。

将盖子打开，尖利地吹了两声口哨后，一条灰色的蟒蛇从篓子里慢慢爬出来，昂首吐信。

“灰灰，我的小宝贝儿。”莫茋说着，吹了声口哨。

那蟒蛇慢慢地朝老汉游去。老汉吓得筛糠一般，面如土色。

那蟒蛇把老汉缠住了。“饶命啊，饶命啊……”老汉惊惶喊叫。

但那条蟒蛇却将老汉愈缠愈紧。终于，老汉不再挣扎，死了。

这一幕，胆战心惊。莫萨兄弟俩却看得津津有味。

洞中燃着火把，莫萨兄弟俩喝得大醉。

山路上，浩浩荡荡地行进着大队人马。大旗上，绣着一个大大的“竹”字。

“报告洞主，有，有人打来啦！”一手下连跌带撞前来报告。

“谁？打什么？”莫萨兄弟俩面面相觑，摸不着头脑。

“哎呀，哥哥，看看不就知道了嘛！”莫茋一瘸一拐地往外冲。

莫萨兄弟俩站在陀溪山上，居高临下地看着山下一队人马。

“你们，胆，胆敢冒犯陀溪洞，吃了熊，熊心豹子胆了么？”莫萨虽然喝了不少酒，声音还是相当洪亮的。

“少废话，莫萨！”为首的汉子身穿盔甲，威风凛凛，正是那宇。“你残暴狠毒，早就不得人心，我们阿木部落的竹郎洞主就是要替天行道！还不快快投降！”

“阿木部落？竹郎？”莫萨兄弟俩不由哈哈大笑。“阿木部落是什么东西，多管闲事儿，怕是吃饱了撑的吧！”

“哼！”那宇一挥手，“嗖嗖”地射出去两支箭。

莫萨兄弟俩面如土色，两只腿禁不住打起抖来，因为，那箭不偏不倚，恰恰射在他们的发髻上！

“胆敢再啰嗦，我让你们永远闭嘴！我先给你们送个信，你们回去考虑考虑……”

兄弟俩没听清那宇的话，因为他们跑得比兔子还快。

“哎哟！”莫茈一瘸一拐，抱头鼠窜。

“看你的窝囊样！”莫萨边跑边呵斥弟弟。与莫茈一样，他的发髻已散，披头散发，狼狈不堪。

俩人回到洞中，喘息了半天，仍是惊魂未定。

“洞主，压压惊！”手下端来一大碗酒，莫萨咕嘟咕嘟灌了一气。

“你跑得比兔子还快！”莫萨不满地训斥莫茈。

“你和我差不多，你跑得不比我慢……”莫茈反唇相讥。

“你……”莫萨的眼睛瞪得比鸡蛋还大。

“好，我不说了……只是，那些阿木部落的人还真厉害……”莫茈发现莫萨真的动气了，就转移话题。

“该死的！”莫萨一使劲儿，将身旁的石桌子掀翻。“什么阿木部落，什么竹郎，真不知是哪儿来的鸟！”

“我说老哥，依我看，来硬的怕是不行。”莫茈眼珠子滴溜溜地转着。

“什么意思？难道凭我的本事，还怕了他们不成？”莫萨恼怒不已。

“管他哪儿来的鸟……你领教过了，来的可是厉害的主。来明的，我们斗不过人家。我们得来暗的。”

“暗的？”

“强龙斗不过地头蛇！哥哥，你别忘了……”

“哦，你不说我还真忘了！”莫萨使劲儿拍拍脑袋。

3·宝库的钥匙

一座破旧的茅草房坐落在陀溪洞的山脚下。

这户人家出了一件怪事，播种下地，人家地里长出来的是粮食，这家却偏偏长出来一棵瓜秧。因为交不出粮食，惹恼了洞主莫萨，硬是把老头子给折磨死了。

“土地神啊，你为什么不长庄稼？老头子被害死了，我还怎么活呀……”老阿婆无助地哭诉，在地里转着圈哭，看了眼瓜藤，绿油油的，光秃秃的，什么也没有。绝望的老阿婆哭得更厉害了：“土地神啊土地神，你怎么连一个瓜都不结呀？……我也死了算啦！”

可是，就在这时，奇迹出现了。

一阵风儿吹过，那绿油油的瓜藤上竟开出了一朵金黄色的花。老太太使劲儿揉了揉自己的眼睛，真的是一朵金色的花。只见那花越开越大，更奇怪的是，那花儿招来了一群蜜蜂，“嗡嗡”采蜜。

“这是怎么啦？”老阿婆自言自语，“土地神啊，莫非是你显灵啦？”

金光闪过，只见一个身材矮小的白胡子老头儿出现在她面前，笑眯眯地看着她。

“你是谁？”老阿婆吃惊不已。

“我是土地神啊！”

“土地神？啊，你是神仙！”老阿婆慌忙下拜。

“莫拜，莫拜。”土地神连忙扶起老阿婆，“你记住了，你家地里，将要结一颗神瓜。你要看好它，这可是打开陀溪山宝库的钥匙……切记，必须等瓜长到九九八十一天之后，才可以采摘。”

土地神说完，便不见了踪影。

老阿婆不禁目瞪口呆！

一阵香风吹过，那瓜儿越长越大，越长越大，就像吹气一样，眨眼功夫，就长得像一扇磨盘那么大，黄澄澄，亮闪闪。

“啊，神瓜！土地神啊，你真的显灵啦！”老阿婆慌忙跪在大南瓜面前，不住磕头。

“得等九九八十一天呐。”回忆起土地神的话，老阿婆喃喃自语，眼里闪着泪花。

4·多行不义

陀溪洞主莫萨听了弟弟莫茈的话，决定来个假投诚。兄弟俩密谋，先稳住竹郎，相机行事。

“大王请，大王请！”莫萨与莫茈跟在竹郎等人的屁股后面点头哈腰。“我们早就听说大王的威名，真是闻名不如见面！”

那宇讥笑那哥俩：“不会嘴巴像抹了蜜一样甜，心地比毒蛇还要狠吧？”

“这个……哪会呢……”莫萨兄弟俩很尴尬。

“我要明着告诉你们，不要耍花招。”阿龙指着他们的鼻子说。

“从今后，你们可愿听竹家军调遣？”竹郎问哥俩。

“愿意，愿意，太愿意啦！”莫茈抢先回答，“从今往后，我们什么都听竹郎大王的。”他碰了莫萨一下，莫萨连忙附和：“对，什么都听竹郎大王的。”

回到住处，莫萨气得“哇哇”大叫。

“老哥，小声点儿！”莫莁担心被听见。

“我不怕！”莫萨嘴上说着，却东张西望，确信四下无人，声音又大了起来，“我不怕！”

“哎呀老哥，‘君子报仇，十年不晚’，你怎么这样沉不住气？”

“我就是不服，我，莫萨，堂堂洞主，竟要在几个臭小子面前装服帖！”

“行了行了，老哥，这可是我们的地盘，我们的人不是都在……”他将嘴巴凑近莫萨的耳朵，“一切都要从长计议。”

这一天，陀溪洞十分热闹，只见男女老幼面带笑容，手里或牵着牛，或拉着马。

“好好好，我家的牛儿又回来啦！”

“我家的马被莫莁抢走，也回来啦！”

莫萨躲在一旁看着，脸上露出怨毒的神情。

夜深人静。

窗外，一双眼睛正盯着竹郎。

一双手揭开了地上放置的竹篓盖子。

一条蛇嗞嗞吐着毒信子，从门缝中游进去。

那蛇已经爬到了竹郎身后，可竹郎竟浑然不觉。

这时，窗外响了一声口哨。那蛇听到信号，昂起首，箭一般朝竹郎咬去。

千钧一发之际，挂在墙上的竹剑凌空飞起，随着一道金光闪过，那蛇立刻瘫软了下去。

竹郎觉察到动静，回头一看，惊愕地发现是一条蛇，不过，已经被斩做几段。

“哦，我的小灰，小灰……”一直在暗中看着这些的莫茋吓得捂住眼睛。不过，他意识到自己处境不妙，赶紧拖着一瘸一拐的腿落荒而逃。

一盏油灯，一张桌子，一壶酒。莫萨与莫茋借酒浇愁，直喝得舌头打卷儿。

“砰砰砰”，有人敲门。

莫茋跌跌撞撞地将门打开。

一个身影鬼鬼祟祟地闪进来。

“小人有件要紧的事，要禀报洞主。”来人贼眉鼠眼，是莫萨的爪牙。

“祥瑞？真，真的假的？”莫萨听了半信半疑，酒醒了一半。

“当然是真的。那个老太婆说，土地神显灵啦！不信，您自己看看去，”爪牙伸出手臂来做了个夸张的手势，“那南瓜有这么大呢！”

“这可是个好消息！”莫茋抓着腮帮子自言自语。

“是好消息！”莫萨一仰脖子，又干了一大碗。

兄弟俩将信将疑，决定亲自去看，眼见为实。待他们看清楚眼前的这个比磨盘还大的南瓜时，不禁目瞪口呆。

老阿婆被绑在树上。

“洞主，我该说的都说了，放了我吧！”她哀求着。

“放你？”莫茋阴险地笑道，“放你倒是容易，可是，你要将秘密传出去怎么办？”他一招手，来了两个爪牙，将老太婆拖走了。

“强盗呀，你们要遭报应的……”老阿婆哭喊着。

“我要亲自守着。九九八十一天一过，好事就成了！”莫萨兴奋得满脸红光。

凉风阵阵吹过。

这已经是第八十天了。

明天，就可以大功告成。莫萨好像看见眼前全是亮闪闪的珍宝，他伸手去抓，一下子跌了个大跟头……噢，原来是幻觉。

不过，莫萨相信自己的美梦即将要实现。因为，风吹过时，他甚至闻到了南瓜散发出来的香气，那种甜丝丝的、成熟的香气。

他迷迷糊糊地睡着了。

无数奇珍异宝，在他面前已经堆成了一座山。山顶上，站着他的瘸腿弟弟莫莯。

“给你，给你，都给你！”莫莯捡起珍宝朝他砸过来。

莫萨慌忙伸手去接，不过没接住，有一块宝石砸在了他的头上，疼得他“哎哟”大叫……双眼一睁，唉，原来是一场梦。

不过，好像真有什么东西砸在了自己头上了。莫萨定睛一看，原来是大冰雹！

莫萨没命地朝大南瓜跑去。接着他就目瞪口呆了。

大南瓜已经被冰雹砸断了藤，不过，依然黄澄澄、亮闪闪的。

“唉，完了完了……”只见莫莯不知从哪儿跑来，气喘吁吁。

“混蛋，你慌什么？”莫萨瞪起眼睛。

莫莯毫不示弱，“你才是混蛋！你是怎么看的瓜？瓜藤已经被砸断了，离九九八十一天还差一天！眼看到手的财宝就……”莫莯捶胸顿足。

“别嚎啦！”莫萨气急败坏地冲莫莯吼道。

“你这个混蛋，还我的财宝！”莫莯朝莫萨撞过去，一下子将莫萨撞了个大跟头。

“你这个瘸子，让我好好教训教训你！”莫萨一拳打去。

两弟兄扭打起来，在地上滚来滚去，成了“滚地龙”。

一阵风儿吹过，那大南瓜仿佛长了翅膀，从地上腾空而起，慢慢朝前飞去。

“咦……”莫茋看得两眼发直。

“看什么？追呀！”莫萨着急地大叫。

大南瓜不紧不慢地飞，穿越了树林，又过了一条河，接着朝陀溪山飞去。兄弟两人深一脚浅一脚地跟着，脸上、手上、脚上被荆棘划破了也浑然不觉。

终于，大南瓜落在一座山岩之前，一动不动。

“怎么回事？”莫萨不明白。

“到地方了呗！”莫茋走上前去，翻来覆去端详着大南瓜，“奇怪。这怎么能打开宝库呢？”

语音未落，只听得“轰隆隆”一阵巨响，仿佛整座山都在颤抖，吓得两个人抱紧脑袋。

终于，巨大的山岩裂开一条缝儿，缓缓开启了一扇门。

无数道金光从里面射出来。那是珍宝的光芒。

兄弟俩怔怔地看着珍宝堆成的小山，一时不知所措。

“傻愣着干什么？快点儿装呀！”莫茋脱下裤子，用裤腿做口袋，没命地往里面装着以前没有见过、叫也叫不出名来的珍宝。

“哈哈，我发财啦，我要招兵买马，把竹郎那小子打得屁滚尿流！”莫萨在珍宝堆里打着滚儿。

“我要娶十个美女做老婆！不，一百个……”瘸腿儿莫茋的志向更远大。

不过，二人的美梦注定是实现不了的，因为又是“轰隆隆——”一阵巨响，那山又同样地颤动，而先前打开的石壁，又慢慢合拢了，完全不顾莫萨莫茋两人惊恐万分的嚎叫……

一切都静了下来，仿佛什么也没发生过。

“贪婪，足可以使人毁灭！”一个白胡子矮老头站在对面高高的山头，看着这幕闹剧缓缓落下帷幕。

竹王传说·峒乐部落

离开你的时候
我不知道
竹林里传来的喧嚣
我却听得到
那是　那是
原来　那是我的心跳

1·老马识途

彤云密布，雪花飞舞。

北风呼呼地刮着，竹郎的队伍就像一群蚂蚁在白雪皑皑的大地上行走。收复陀溪洞后，士气大振。壮大了的“竹家军”打算回阿木部落休整，不料遇到了严寒天气。

“大哥——山路都被大雪封住了。”马蹄“得得”，前方探路的那宇大声报告。

竹郎一扬马鞭。

“停下，停下……”阿龙回转马头，朝后面喊道。

“天实在太冷啦，如果再找不到出山的路，弟兄们恐怕扛不住了……”一个小头目上前报告。

竹郎双眉紧锁，陷入沉思。

“再这样下去，粮草也成了问题。”阿龙说。

“依我看，并没有什么可怕。”一个小头目站了起来，“咱们并不是辨不清方向，而是找不到路，只要找到路就好办了。”

“你这不是废话嘛！”众人不以为然。

竹郎却灵机一动，“我倒有个办法！”只见他脸上的愁云一扫而光。“咱们怎么就没想到呢！俗话说，‘老马识途’，在复杂的地形中，经验丰富的老马往往比人还要机敏。”竹郎高兴地站起来，“现在，大家把所有的老马都挑出来，我们就跟着他们走！”

竹郎拍着白风的脑袋：“白风，就看你的啦！”

白风仿佛听懂了他的话，仰起头，“咴儿，咴儿”叫了两声，朝前走去。它身后跟着十几匹老马。再后面，是黑压压的军队。

“让马带路，能行吗？”有人窃窃私语。

竹郎的人马在冰天雪地里艰难跋涉。

终于，眼前豁然开朗！

只见前方是一条江，那江水已经结了冰，就像一条蜿蜒的玉带。

“大哥，看哪，牂牁江！”阿龙兴奋地指着前方。

“再前面，就是牁乐部落。”

“我们走出大山喽！”人欢马叫，之前的阴霾一扫而光。

2·采芒其人

牁乐洞主采芒在火盆边烤着火，昏昏欲睡。

“洞主。”一个小伙掀开帘子。

“混蛋，吓我一跳……”采芒揉着眼睛，“毛手毛脚的臭小子！”

小伙子赶紧上前：“报告，光光光要见洞主。”

“光光光？”采芒一时摸不着头脑，“光什么光？”

“就是那个号称法力无穷的光光光呀。”

“哦，我明白了，就是那个到处招摇撞骗的家伙！他找我做什么？”采芒不屑一顾。

“洞主，依我看，我们先听听他说些什么，再做计较。”小伙子凑近采芒小声说。

“看不出，你小子还有点心眼……”

“这么说，你是让我与竹郎决一死战喽？”采芒终于弄懂了光光光的来历。

“洞主英明！”光光光朝采芒挑了挑大拇指。

采芒摇摇头，看着光光光，“我峒乐寨势单力薄，哪里斗得过他？”

“怕什么，他又不是三头六臂。再说，你得想法保住峒乐寨才是……”黑先锋煽动说。

“嘿，我倒是听说竹郎的人马一路上做了不少好事。”采芒又是一笑，“我采芒从不干伤天害理的勾当，心里没有鬼，所以竹郎来了也不怕。”

“你真是不识好歹！”光光光失望之极。

“光光光，听说你神通广大，要不，”采芒凑近了光光光，“你亲自和他较量较量？”

“哼，咱们走着瞧！”光光光碰了一鼻子灰，拂袖而去。

“哼，想让峒乐部落当炮灰？做梦！”采芒冷笑道。

3·冰天雪地

雪花纷纷扬扬，漫天遍野。

“哇，好大的雪。”党参精在浑沌魔王洞的洞口露了露脑袋，又赶紧缩了回去。

一团红光旋转飞腾，浑沌在雪地里手舞足蹈地唱起歌儿：“冷冷的北风呀，呼呼地吹。大朵的雪花呀，漫天都是。竹郎的队伍呀，被雪封住。我给他加点油，保准完蛋。”

唱完，浑沌在雪地里快活地翻了个筋斗。

光光光与党参精忙不迭鼓掌喝彩。

雪，还在下着。

浑沌与光光光俯视山下。

脚下，是蜿蜒的牂牁江。远远看去，“竹”字大旗迎风招展，一座座帐篷搭在江边，就像一个个小馒头。

浑沌深深呼了一口气，伸出手掌，接住了几片雪花，闭上眼睛，口中念念有词。

只见他一扬手，雪花竟飘飘然飞向天际。浑沌张开翅膀，围着那几片雪花不停地旋转，飞舞。

那雪花越变越大，最后，竟化作两座冰山。

两座冰山呼啸着降落，堵住了竹郎队伍的去路。

“呵呵呵呵！”浑沌拍掌大笑。

“魔王法力真是太高强啦！”光光光看得眼花缭乱。

“哼，你这笨蛋做不成事，本魔王不亲自出马能行吗？”

开天辟地，浑沌魔王洞赢来了第一个客人。

采芒满脸堆笑，后面的随从抬着大筐大筐的礼物。

“这不是采芒洞主吗？哪阵风把你吹来的？”光光光对采芒的到来好像并不欢迎。

采芒倒表现得很热情，拍着光光光的肩膀：“你们把竹家军给困住了，帮了峒乐的大忙，我万分感激！”

“把他困住，任其自生自灭，这才叫高！”光光光洋洋得意。

“高，实在是高！”采芒笑得眼睛眯成了一条缝儿，“从今天起，你就是峒乐的朋友，就是我的哥们！”他吆喝手下，“我聊表心意，送来几坛美酒，还有些猪羊鸡鹅……”

“美酒？我爱喝！”光光光高兴起来。

4·扁担山

从天而降的冰山令人感到不可思议，引起一些流言。

“怕是神人降下的灾祸吧！”竹家军中出现了从未有过的不安。

竹郎心事重重，孤独的身影在寒风中徘徊。雪花飘落在他身上，将他变成一个“雪人”，北风呼啸，吹乱了他的头发，而他竟浑然不觉。

九真足踏祥云，须臾来到竹郎的大营。

“徒儿拜见师父！”竹郎抢上前去，抬起头来，却是泪花闪闪。

“竹郎，让你受苦啦！”九真慈祥地扶起竹郎。

“不，徒儿心甘情愿！”

“好，好！竹郎，随师父走一遭吧！”二人踏上祥云，腾空而去。

来到一处陌生的地方。竹郎虽说不清楚，却觉得这个地方很亲切……

举目皆是竹。这是一个竹的海洋！

虽是冬季，却是一片青绿。

“师父，这是哪里？”

“竹郎，水有源，树有根，这里，是你出生的地方啊！”

“我出生的地方？”竹郎睁大了眼睛，觉得不可思议，“可是，从来没有人对我提起过这些……”

“万事皆有定数，到时候你自然会明白的。”九真拈须微笑。

“来吧，来吧！”九真朝竹林里挥挥手，摸了摸旁边那根粗大的竹子。竹子拔地而起，直插蓝天。

九真念念有词，那竹子变成一根闪闪发光的扁担。

望了望那两座突兀的冰山，九真不慌不忙，将手中的扁担挥去。

那扁担轻飘飘地飞过，居然将两座冰山挑了起来！

渐渐地，扁担化作了一座山峰横卧山野，而两座冰山化作两个小山包。好一座“扁担山”！

竹家军畅通无阻地进入峒乐。

“打开寨门，恭迎竹家军！”采芒命令。

“可是，洞主……”他身边的那个小伙心有不甘。

“可是什么……”采芒用手指点了一下他的额头，“不长脑子的家伙，像竹郎这样的人，咱们能和他对着干吗？”

竹王传说·也春部落

人生的轨迹
是一条长长的丝线
走过沧海
走过桑田
河东与河西
只是一念之间

1·不和谐的音符

春雷阵阵，春雨细细。粉红的桃花，洁白的梨花，竞相开放。

转眼间，又是一个春天。

春天的树林充满生机。只见树木吐出了新绿，小河里的水淙淙流淌，悦耳动听。就连那些睡了一冬的动物也纷纷醒来，在春天的阳光下嬉戏。

在不远处，一行数十人骑着马，慢悠悠地走在林间小道上。他们背着箭囊，看样子要去打猎。

为首的两名男子，是两个相邻部落的首领，一个是也春部的洞主谷霄，一个是毛坎部的洞主咼赢。

“我说谷霄洞主，竹家军要打过来啦，到时候，恐怕我等洞主之位是保不住喽！可是，我怎么看你一点也不着急呀！”咼赢满脸络腮胡子，讲话时胡子一翘一翘的。

“我急什么，咼赢洞主家大业大，即使竹家军打来，也有你顶着不是……”谷霄五短身材，皮肤黝黑，骑在马上与咼赢并辔而行，却明显矮了咼赢一头。

“听说那竹郎小子有仙人相助，我等还须万分小心。”咼赢对谷霄说。

“仙人？我看连你也被传言给糊弄了，仙人是什么东西？你见过吗？我可没见过。”谷霄用嘲笑的口吻说，“我倒是听说浑沌洞里有个光光光，能呼风唤雨，他的师父浑沌魔王也不是凡人。干脆，我们去求求他……”

“真是英雄所见略同，我正有此意！”咼赢大笑。

谷霄也笑起来。他们的笑声惊飞了几只山鸡。

2·拙计

也春部落。

谷霄与咼赢领着大小头目，盯着光光光的一举一动。

眼前的光光光念念有词，只听得轰隆隆一阵巨响，远方的一座小山竟像长了脚一般移动起来。

“哎唷，太厉害了！”众人惊奇地瞪大了眼睛。

“光光光神通广大，竟会移山之法！”咼赢佩服得五体投地，“此等神通，还怕竹家军么！”

“光光光有浑沌魔王传授的功力，是我们的福星哇！”

“得遇光光光，三生有幸！”

众人七嘴八舌，光光光不觉飘飘然。他大模大样地坐在案前，上面早已摆满了美酒佳肴。谷霄与咼羸在一旁斟酒。

“我就不信，竹家军长了三头六臂！”谷霄确信光光光将所向无敌。

“这还用说，他们能有多大神通！”咼羸也对竹家军不屑一顾了。

“不过，”光光光似乎想到什么，将酒杯搁下，“竹家军诡计多端，我没少吃他们的亏——”又自悔失言，连忙掩住嘴巴。

“什么，吃什么亏？”谷霄二人并没有在意他的话。

“我是说，我们要小心行事，以免上当吃亏。”光光光掩饰道，“特别是竹郎手下的几个人，不可小觑。”

“真的？”谷霄咼羸二人总算听进去了，“这……怎么办？”

“不急不急，我倒有一计……”光光光嘿嘿一笑，朝他们招了招手。三个大脑袋聚在一堆，窃窃私语……

“准备好了没有？”咼羸十分不耐烦。

“好了好了。”小头目气喘吁吁，“报告洞主，人就在外面。”

“叫他进来嘛！”谷霄用一根草掏着耳朵，眼皮不抬一下。

一个小伙溜了进来。只见他头上梳着几根小辫，穿着一身鲜艳的衣服，长得贼眉鼠眼，显得很可笑。

“怎么样，行么？”谷霄看了一眼小伙，悄悄地问坐在一旁的咼羸。

“不知道。”咼羸面无表情。不过，他一拍脑袋，“有了，让我来考考他。”说罢，一摇一摆地走下去，那小伙子不知咼羸何意，赶紧挤出一脸的笑。

“小伙，你叫什么名字？”咼羸问。

“我叫噶布果。”

“好，噶布果。现在，把你的手指放在脸上。”咼羸神秘兮兮。

噶布果只好照办。

“眼睛！”咼羸突然大喊一声。

噶布果没弄明白，一脸茫然。

“笨蛋！我叫你指着眼睛！”咼羸没想到噶布果这么笨。

不过，噶布果很快明白过来，在接下来的咼羸对他的“考试”中，很顺利地指出了脸上各个部门的具体位置。

“我看，还行。”咼羸对谷霄耳语。

“嗯，倒也机灵。”谷霄也很满意。

“那就派他去？”

“嗯，就派他去。”

3·遇豺

雨过天晴。

阿果推开窗子，深深地呼吸了一口春天的空气。

阿果有些陶醉。突然，她好像想起什么，于是转身跑下阁楼，在院子里翻找。

“阿果姐，你找什么？”一个十七八岁的女孩子过来问她。

“哦，燕儿，找我往年采野菜的竹篮……”阿果回答。

阿果找到竹篮了，她将篮子递给燕儿，“去把篮子洗洗干净，我们上山采野菜去！”

“采野菜？好呀！”

“我最喜欢吃蕨菜啦，我们去摘一大篮子回来……”

“恐怕是竹郎大哥喜欢吃吧！”燕儿咯咯地笑着，跑开了。

“死丫头，就会贫嘴……”阿果一下红了脸。

春光明媚，蓝天上飘着几朵白云。

燕儿很高兴，摘下映山红插在鬓边，唱起山歌来："莫说好景不常在，莫说好花不常开，好花开时红艳艳，等郎归来把花采。"

"嗨，别只顾采花，这边好多蕨菜呢！"不远处传来阿果的喊声。

"来啦！"燕儿答应着，一边跑过去。

姐妹俩只顾采蕨菜，却不知道一场灾难近在咫尺……

噶布果埋伏在树林里，监视着阿果的举动。

他手里牵着一只像狗一样的东西，不过，那不是狗，而是比恶狗更凶狠的豺！

这时，噶布果松开手中的链子，那豺得到自由，吠了几声，便消失在密林里。

"燕儿，你听，什么在叫？"阿果突然抬起头来，侧耳倾听。

"没有啊！"燕儿并未听到什么声音。

突然，她俩的脸色都变了，真真切切的，她俩听到了一阵可怖的豺叫。

"哎呀，是豺狗在叫！"燕儿吓得抱住阿果。

"快跑！"阿果丢掉了手中的篮子，拉着燕儿，在林中拼命地跑起来。

两人在前面狂奔，豺狗在后面紧追不舍，而噶布果早已抄近路跑到了前面，只见他搭好了弓箭，瞄准……

"哎哟！"一棵树根绊倒了燕儿。

那豺已经追到跟前，张开了大口，露出白森森尖利的牙齿。

"啊……"阿果掩面惊叫。

"嗖"的一声，说时迟、那时快，一支利箭穿透了豺的喉咙，那豺滚到一边，蹬蹬腿儿，不动了。

阿果两人惊魂未定，见豺狗已死，不由谢天谢地。

“是谁救了我们？请受我们姐妹一拜！”阿果大声说。

只听得林子里哗啦啦一阵响，一名男子拨开灌木丛，走了出来。

阿果与燕儿朝那男子低头行礼。“请问勇士大名？”阿果问道。

“我叫噶布果，以打猎为生。姑娘不必惊慌，那豺狗已经被我射死啦！”噶布果说着事先编好的话。说完，将豺背在肩上，转过身做出要走的样子。

“勇士请留步！”阿果连忙喊住他，诚恳地邀请，“勇士救了我俩的命，怎能说走就走。请随我们到阿木部去吧，我父亲一定会好好谢你的。”

“勇士不要犹豫了，起码也得去阿木寨喝杯酒啊！”燕儿说。“我来给勇士带路！”

“那就多谢了。”噶布果说。

燕儿走在前面，身后是噶布果，最后是阿果。走了一阵，阿果看着噶布果肩上的那只豺狗，不由眉头皱了一下，因为她发现，豺颈上竟有链子拴过的痕迹？

4·离间计

林中，跑过两只麂子。

这两只美丽的麂子，一眼就看得出来，其中一只麂子已经怀上了崽。

“瞧我的！”噶布果从箭袋里取出一支箭。

就在他将箭射出去的那一瞬间，那宇飞身而起，用手中的长剑将箭拨落于地下。

“你……”噶布果不解，嘴巴张得老大。

那宇冷冷地看着他："你难道不知道么？猎人虽然以捕猎为生，但也有猎人的规矩。"

"这个……"噶布果摸着后脑勺，一脸茫然。

"对一个带着崽的麂子，你也下得了手？"

"哦，是兄弟我一时糊涂，把规矩忘了……"噶布果偷偷擦了一下额角的冷汗。

阿木部落一年一度的祭树节到了。

一棵巨大的树，树根十分粗壮，树冠就像一大把巨伞，笼罩着跪在大树前的男女老少。尤为奇特的是，那树的根部又长出来无数的副根，仿佛一片小树林。

祭桌上隆重地摆满了祭品。

德高望重的老洞主缅良主持仪式。他一身白袍，带头祷祝："烧酒祭古树，阿木永安康。给我们智慧，让我们聪明。像树一样坚强，像树一样勇敢。愿人如树，顶天立地……"

念完祷词，人们将手中的酒饭泼洒在大树周围。

祭树完毕，大伙儿聚在一起，男女老少开怀畅饮。篝火熊熊，人们载歌载舞，笑语喧天……

这天晚上，一个醉汉踉踉跄跄朝路口走来。

"注意！"守路的人招呼同伴。

近了，那醉汉根本看不到守路的人。

"站住！"

"站住！"

见醉汉不理不睬，看守一伸腿，将醉汉绊了个"狗啃屎"。一个包裹从醉汉的怀里滚出来。

“看，那是什么！”守路人眼明手快。

“嗨，这人是个贼！”守路人惊叫，因为包裹里露出了几样值钱的银酒具。

“还不止呢……”另一名守路人从醉汉身上搜出一块绢帕，上面密密麻麻地写满了字。“这是啥？”两个守路人都不识字，翻来覆去看不明白。

“赶紧把他押到寨子里去……”

守路人押着醉汉回寨子，正遇着那宇带了一帮人朝这边走来。

“那宇统领，我们抓住一个可疑的人……”

“这不是噶布果吗？奇怪，你怎么会在这里？”借着明晃晃的火把，那宇一眼看清楚了醉汉的面容。

“怎么，统领认识他？”

“当然。”

守路人将醉汉身上搜到的东西交给了那宇。

那宇展开绢帕，看了看。

“哼，还真是意外啊！”那宇自言自语，脸上露出不易觉察的笑容，“把他给我押下去，我要好好审审他！”

这是一个关押拷问犯人的地方。四壁皆是石墙，因为潮湿，石墙上生了苔衣，没有一扇窗子，燃烧的火把映照着木架子上那些亮闪闪的链子、钩子和尖刀。

那宇坐在椅子上，慢慢地啜着杯中的酒，眼睛却盯着噶布果。

噶布果酒已经醒了大半，鬼鬼祟祟地瞟了眼那宇，又赶紧将脸转过去。

沉默，双方僵持着。

过去了几袋烟的功夫，“扑通”一声，噶布果终于支持不住，跪下来。

那宇将手中的杯子往桌上一顿：“你干的好事，都给我一字一句说清楚，不然……”

“我说，我说！”

噶布果眼泪鼻涕糊满了一脸，突然就喊起来：“统领救命，救命啊！”

“你嚎什么！”那宇上前就是一脚。

“我，我要是说了，就没命啦！”

“你怕什么！”那宇冷笑道，“你信不过我那宇，那好，我答应你，只要你说清楚这个，”那宇扬了扬手中的绢帕，“我就放你走。”

“好，我说，我说。”噶布果擤了把鼻涕，带着哭音，“我说我不来，他们非要让我来！”

“他们？他们是谁？”那宇喝道。

“这个，这个……”

那宇使了个眼色，一名大汉从木架子上取下一把铁勾，在噶布果眼前晃了晃。

噶布果吓得发抖：“是我们洞主让我来的……”

“你们洞主？谁呀？”

“我是也春部落的人，洞主叫谷霄。”

“谷霄？他让你来阿木部落干啥？”

“我们洞主，不，谷霄，叫我来找阿龙统领，这是阿龙统领给谷霄的回信……”

“哈哈哈哈！”噶布果话没说完，周围便爆发出一阵笑声。

“这么说，这封信是阿龙写给你家洞主的喽？”那宇问。

“是，是。”噶布果硬着头皮答道。

那宇猛地将酒杯摔得粉碎，“我找阿龙算账去！”说完，他提起剑就往外走。突然，像记起了什么，又回过头来："我那宇说话算话，你滚吧！"

"快滚！"

噶布果抱头窜出，不一会便消失在夜色中。

5·将计就计

阵阵笑声传来。

"那宇统领，看不出来，你还会演戏！别说噶布果，就连我们也被你蒙住啦！"几个阿木寨的汉子冲着那宇说。

"也春部自作聪明，想用反间计来使咱们自相残杀，用心真是险恶之极。"说话的是阿果。"其实，一开始我就怀疑了，因为，那只豺狗脖子上曾被拴过链子。野豺狗脖子上怎会拴链子呢？当时我就起了疑心。"

"我看，噶布果已经跑去报信了，说不定，他们还认为我和阿龙已经打起来了呢！"那宇的话又引起一阵哄笑。

山路上，阿龙骑着马飞奔。山路越来越窄，眼看没路时，前边一个转弯，却出现了一条大河。

河水滔滔，发出阵阵怒吼。阿龙发了愁：这可怎么办呢？

一个中年汉子驾着竹筏，顺流而来。

"喂，壮士，要渡河吗？"那汉子大声喊道。

阿龙见有筏子可渡，不由喜上眉梢。连忙招呼汉子把筏子靠岸，牵马上了筏子。

那汉子一边撑开筏子，一边用眼睛打量着阿龙。

"你瞧我做什么？"阿龙不解。

“壮士不要见怪。你看，我像是什么人……”汉子微微一笑。

“莫非，你是也春部落的奸细？”阿龙“唰”的抽出了腰间的宝刀。

“好眼力！”那汉子慢悠悠一篙一篙地继续撑着他的筏子，“是的，我是也春部落的人，但并不是奸细。”

“此话怎讲？”

“我家祖祖辈辈就生活在这河边，从我十岁起，就帮助我爹撑筏子渡人为生，这边的人都叫我阿加艄公。”

“阿加艄公？”

“是的。如果没猜错，壮士你是冲我们也春部落来的吧？”

“你怎知道？”

“因为，你眉宇间有刀兵之气啊……”

“刀兵之气？”阿龙感到不可思议。

“是啊，我每天都在这儿渡河，见过的人形形色色，多少年来，练就了这个眼力——无论是谁，只要我多看上几眼，就能将其猜个八九不离十。”

“你们部落的洞主叫谷霄，对吗？”

“不错！”阿加艄公很干脆地回答，他看了一眼阿龙，“谷霄比起别的洞主，要好得多。”

“哦？”阿龙顿时来了兴致，“你倒说说看！”

“就是一点，窝囊。”

“窝囊？”

“你不知道，与我们相邻的毛坎部落，经常来要这要那，谷霄不敢不给，因此大家都抱怨他……”

“原来如此！”

说着话，不觉之间竹筏已经靠岸。阿龙牵了马，拱手与阿加艄公作别。

“洞主，阿龙来啦！”噶布果满心欢喜地跑来报告，与端茶的丫头撞个满怀，几个杯子落在地下，摔个粉碎。

“慌慌张张的撞鬼了？”谷霄正靠着椅背闭目养神，听见响动，睁开眼睛，见是噶布果，“你说什么？谁来啦？”

“阿龙来啦，就是阿木部落的统领阿龙……”噶布果笑得眼睛眯成了一条缝，“肯定是跟那宇打起来啦！”

“来得好！”谷霄眼珠子一转，“就他一个？”

“就他一个。”噶布果凑上前去，小声说，“洞主，他说要单独见你。”

“那带他进来！”

6·黑叶猴

傍晚时分，太阳不再像一个火球，而是像一个蛋黄。

夕阳的余晖洒落在悬崖上。

这片怪石嶙峋的悬崖上，一棵棵大树枝繁叶茂。

三五只体型纤瘦、四肢细长的猴子在树梢上跳来跃去，摘吃嫩叶。猴子的头顶直立着黑色的毛冠，浑身黑亮如缎，两颊和长尾上却长着白毛。尤其引人瞩目的是幼猴，头部金光闪闪，仿佛戴了顶金色的头盔。这种猴子有个特别的名字，叫“黑叶猴”。

猴群玩了一阵，开始向栖身的岩洞攀爬而去。

“看，来了来了！”几个猎户模样的人手中拿着索套等物，早已候在岩洞边。

他们的脚下就是万丈深涧，令人头晕目眩。他们躲在洞旁的灌木丛里，避免被猴群发现。

这些猎户，奉了谷霄洞主之命前来捕捉黑叶猴。那黑叶猴极有灵性，不易捉到。众人守了一天，终于看到了几只。

谷霄见到阿龙，不由分说，命令道："来呀，把他给我捆起来！"

"哈哈哈！"阿龙并不反抗，反而仰天大笑。

"你笑什么？"

"我笑你——谷霄洞主，如果不是亲眼所见，我真不敢相信，你会如此胆小。我阿龙赤手空拳，独自一人来到也春部落，竟把你吓成这样！"阿龙被捆住了手脚，却毫不惊慌。

"我胆小？"谷霄眼珠子一转，"笑话。我堂堂也春部落的洞主，难道还怕你不成！来人，给他松绑，我就不信，你敢在我面前耍花招！"

就在这时，两名猎人抬着一个笼子进来，"洞主，抓到了两只猴子，请过目。"

那笼子里装的真是猴子！

黑叶猴，机警异常，颇通人性，也春部落的人奉之若神灵而轻易不捕捉，而咼羸却是隔三差五差人前来索要，谷霄无法，只得命人千辛万苦地捕来。

"唉，送去吧……"谷霄无可奈何，"也不知咼羸要这东西做什么？"

那两只猴子犹在笼子里"吱吱"叫个不停。

猎人抬着笼子退下。

旁边的阿龙又一次"哈哈"大笑。

"你笑什么？"谷霄不解。

"我笑也春部落竟会把这样灵巧的猴子送给毛坎部落，真是窝囊……"

“什么？”谷霄气得哇哇大叫，“你敢说我窝囊？”

阿龙紧盯着谷霄，“做自己不情愿的事情，难道不是吗？”

“太放肆了……”谷霄恼羞成怒，“把这家伙给我抓起来！”

话音未落，阿龙纵身一跃，“唰”的一声抽出了腰间的宝刀，大喝一声：“谁敢无礼？”

几名正要抓人的汉子面面相觑，站在原地不敢上前。

“告诉你吧，谷霄洞主，我阿木部落大军随后就到！”

一言既出，谷霄大吃一惊，得差点从椅子上滑下来。

阿龙没想到，谷霄会被自己一句话吓成这样，看来“竹家军”的威名已经响彻一方。

“阿龙，难道你是来打头阵的？”

“打头阵？你看，我没带一兵一卒，像是来打头阵的吗？”

“那，你……”

“如果谷霄洞主愿意，我们可以好好谈谈！”

“谈谈？……好吧，给阿龙统领抬椅子！”谷霄只能面对现实。

7·人怕伤心

毛坎部落，寨门外有一片空阔地，是咼羸的练武场。

今天，咼羸与光光光准备练箭，而给他们当靶子的，却是那两只也春部送来的黑叶猴。

两只猴子一刻不停地眨巴着眼睛，似乎预感到死期已至，竟淌出大颗大颗的泪来。

“嘿，你看，两个畜生还淌眼泪呢！”咼羸怪笑。

“倒有点儿意思。”光光光感到有趣。

咼羸命将笼子打开。两只猴子仿佛看到希望，“吱吱”叫着从笼子里跳出来，夺路而逃。

咼赢与光光光分别出箭，但第一箭都射空了。

两只猴子惊恐万状，慌不择路，绕着场子逃窜。

咼赢与光光光哈哈大笑，又开始放箭。

终于，光光光射倒了一只。

剩下的那只幼猴，边跑边发出骇人的嘶叫。

咼赢不甘示弱，再次扬起了手中的箭……

“咼赢，你这个浑蛋！”

咼赢一惊，回首四顾，手中的箭不知不觉射歪了去，却歪打正着，正射中猴子的胸膛，那猴子翻了翻白眼，蹬了蹬腿儿，瞬间毙命。

“我打死你这个浑蛋！”谷霄扑过来，咬牙切齿揪住咼赢。

咼赢被吓了一跳：“你来干什么？捣什么乱嘛！”他一伸手，将谷霄推了个仰八叉。

“你，你简直混蛋透顶！”谷霄哆嗦着，用手指着不远处两只死猴子，“那可是我们也春部落奉若神明的生灵啊！咼赢，你这个天打五雷轰的恶人！”

“神明？”咼赢并不以为意，“几只黑猴子，你还真当回事？”

“我撕了你的臭嘴！”谷霄从地上爬起来，再次朝咼赢扑去，却被光光光拉住了。

“好了好了，都是兄弟嘛！”光光光笑道，“我说谷霄洞主，你就为了几只猴子，兄弟都不要了？”

谷霄气得面皮一阵青，一阵白。

“就是，没有我毛坎部落撑腰，你小小的也春部落算个什么？”

咼赢的话犹如寒冰，冷透了谷霄的心。他摇摇头，只怨自己瞎了眼，竟把这样的人当成兄弟？于是，他头也不回默默离开了。

“哎，怎么走了？”光光光对谷霄的离去感到意外。

“别理他，”咼羸不屑一顾，“他呀，早晚会来求我的！”

也春部落，香案之上，摆着猪羊等礼牲。

谷霄起誓：“毛坎部落仗势欺人，视生灵为草芥，我也春部落自今日起，与毛坎部落势不两立，恩断义绝！……”

竹王传说·毛坎部落

这嫉妒的毒药

虽不断肠

却　无人可解

咬啮得人心　扭曲

1·初次交锋

此时是春夏之交，山峦如锦屏，草木葱郁，泉水淙淙，山花满地。

竹郎无心观赏这些，对身后的阿龙、那宇等人说道："我们要加紧行程，天黑前赶到离毛坎部落附近安营扎寨。"

阿龙回答："大哥放心，我把这边的地形路道打探清楚了，越过前边那座大山，就可以安营扎寨了。"

"毛坎部落情况如何？"竹郎又问。

"也春部落洞主谷霄告知，毛坎部落人多势众，拥有上万人马，加上有心狠手辣的光光光助战，因此不可小觑。"阿龙又答。

队伍行进加快，山林中不时传来莺啼燕语。而一场恶战，即将拉开帷幕了。

听说竹郎率大军到来，禺赢与光光光集合了人马守候多时。俩人早已商量妥当，一定要挫挫竹郎的威风。尤其是光光光，总想出出肚子里的恶气。咼羸见光光光一心想打败竹郎，因此对他言听计从。

摆开架势，两军对阵。

“竹郎小儿，你这个不知天高地厚的小子，胆敢来我毛坎部落找死！要是识相，就赶紧退走，否则，我叫你有去无回！”咼羸骑在一匹大黑马上，用马鞭子指着竹郎一阵喊叫。

“咼羸，阿木部落是正义之师，你欺负弱小部落，挑起事端，今日阿木部落就要打掉你的狂妄气焰！”竹郎回应。

“哈哈，敢在我面前说大话？我当洞主的时候，你还是个穿开裆裤的娃娃呢！”咼羸讥讽道，络腮胡子一阵乱抖。

阿龙纵马上前，“咼羸，你卑鄙阴险，妄图挑拨我阿木部落内部不和，让我来跟你算算账！”说完，拍马向咼羸冲去。

咼羸招架不及，阿龙手起刀落，一刀砍在马背上，那马猝不及防，受惊狂奔，咼羸被甩下马背，一只脚却还在马镫里，被拖出去老远，哀嚎不已。

毛坎部落的人一阵骚乱。

“赶紧抢救洞主！”光光光连声尖叫。

在竹家军的呐喊声中，毛坎部落的人乱作一团，仓皇退走。

竹家军并不追赶，而是快活地吹起口哨。

2 · 断肠之毒

“该死的阿龙，让我抓到，非扒了他的皮不可。”好不容易捡得一命，咼羸全身上下伤痕累累，头上手臂上缠着白布，拄着拐棍一瘸一拐。

“息怒息怒，气大伤身……”光光光一边劝冎赢，一边看挂在墙上的那张弓。

“那我们下一步该咋办？”冎赢问光光光。

光光光将那把弓从墙上取下来，反复端详，然后说道：“我有办法了！”

林子里长着一株巨毒的断肠树。

光光光小心翼翼地割开树皮。乳白色的树液滴落在一个小杯子里。

“断肠树，断肠树！就看你的啦！”他脸上露出狞笑。

今日对阵，冎赢不再像前一天那么神气活现，而是一瘸一拐的狼狈相。

“冎赢洞主，你不在家好好养伤，跑出来干什么！”那宇大笑。

“上回是我不小心，让你们占了便宜……”因为脸上缠着白布，冎赢讲话瓮声瓮气。

“冎赢，打不赢就打不赢，还什么找借口？”竹郎不屑地说。

冎赢指着竹郎，“别看我这个模样，今天非和你比试比试不可！”

“那我奉陪！”竹郎答道。

“瞧见我身边的这匹马没有？这可是宝马！”冎赢拍了拍他的坐骑。那匹马全身火红，很是惹眼。

“你要怎样？”竹郎不耐烦地问。

“很简单，我骑着马在前面跑，你的马在后面追，只要追上我，就算你赢！”

见竹郎沉思不语，冎赢大笑；“怎么样？不敢啦？”

“有何不敢！”竹郎一抖缰绳，“你跑就是！”

“大哥！”那宇与阿龙上前拉住缰绳，“小心有诈！”

“你们放心吧！”竹郎拍拍二人的手，“我会小心。”说完，纵马追去。

蜿蜒的山路上，马蹄声“得得”作响，扬起一阵飞尘。跑在前边的咼羸早已大汗淋漓，他不时回头看看后面的竹郎。竹郎紧随其后，白风马跑得飞快，眼见就要追上咼羸。

前方出现了一片树林。咼羸的马一拐，钻进树林子里去了。

这是一遍原始树林，古木参天，藤蔓遍生。虽是白天，林子里却光线暗淡，难辨东西。竹郎知道这是险恶之地，便策马慢行。

然而在暗处，却有一双眼睛紧盯着他的一举一动。

那人就是光光光，他的脸上现出残忍的冷笑。看着竹郎走近，他心中一阵狂喜……

“竹郎，你的死期到了！”他手里的弓箭响了，一支毒箭朝竹郎射去！

竹郎突然听到一阵风声，连忙翻身躲。但是，那箭还是射中了他的手臂。

断肠树之毒无人能解，二十四个时辰以后，竹郎就会断肠死去……

光光光喜极，蹑手蹑脚地溜了。

“大哥……”

“洞主……”

阿龙与那宇一路跟来，不见人影，焦急万分。

“咴儿，咴儿……”隐隐约约，远处传来马叫声。

“听，是白风在叫。”阿龙对那宇说。

“对，是白风，是白风！”那宇喊起来。

二人循声进了树林，只见白风在远处一棵大树下，焦急地转来转去。

“不好，想是大哥出事了……”阿龙拍马赶过去。

那宇抽刀在手，紧跟其后。

他们赶拢时，发现竹郎躺在地上，已经昏迷过去。

3·阿果的梦

阿木部落的夜很静。

不知为什么，这一夜阿果辗转反侧，难以入眠，好容易捱到鸡叫，才迷迷糊糊睡去。

不多久，只听得有人敲门。阿果披衣下床，开门一看，却是竹郎。

“咦，你怎么回来啦？”阿果惊奇不已。

“我来和你道别呀！”竹郎说。

“道别？你要走么？”

“对，我这一走，就再也不回来啦！”竹郎说完，转身要走。

阿果大惊，慌忙伸手去拉，却什么也没有抓到，而竹郎也消失不见了……阿果失声哭了，接着就醒过来。原来，是做梦。她摸摸额头，冷汗涔涔，心头犹在“突突“乱跳。

“这是怎么啦？”阿果自言自语。一种不好的预感让她心中一阵慌乱。她决定天一亮就去找竹郎……

营地帐篷内，竹郎躺在竹床上，面色如纸。

“大哥，你醒醒，醒醒……”那宇千呼万唤，竹郎仍然双目紧闭，一动不动。那宇泪流满面，“大哥，你可千万别……”

这时，阿龙匆匆走进来，身后紧随一位身背药篓的老者。那宇知道是医生，慌忙起身迎接。

医生来到竹郎床前，揭开被子，察看竹郎手臂上的伤口。从那伤口处，不断流出黑色的血液。

“是毒箭，他中毒箭了！”医者惊叫。

“毒箭？”那宇与阿龙又是气愤又是心痛。

那宇把牙齿咬得咯咯响，“我找咼赢算账去！”

阿龙一把拉住那宇，他的双眼布满了血丝，“我和你一样痛心，一样气愤，但现在要紧的是救人……”

那宇忍不住泪流满面。

医生为竹郎把过脉后，无奈地摇摇头：“唉，他中了断肠之毒，那下毒之人一定跟他有深仇大恨，意欲置他于死地……”

“老人家，如何才能解毒？”阿龙打断老医生的话，急切地问。

“断肠之毒，无人能解！”老者哀伤不已，“可惜呀，这样年轻就……”

“你说什么？”阿龙只觉得一阵眩晕。

“你们还是为他准备后事吧！”

“什么？”那宇“唰”地从腰间拔出刀，架在那医生脖子上，“你再胡说，我就要了你的命……”

吓得医生慌忙跪下：“老汉我行医大半辈子，深知断肠毒的厉害。实在是无能为力呀！”

阿龙上前扶起老者：“老人家不必惊慌，我们不会伤害你的。这位兄弟与伤者情同手足，一时着急……求老人家再想想，还有什么别的办法？”

老医生摇摇头，颤颤巍巍地走了。

马不停蹄。阿果身披一袭红色披风，在林间小路上飞驰，就像一团火焰。

这时，站在营帐外的那宇与阿龙痛苦无比。那宇伸出拳头，“啪啪”地击打着身旁一棵大树，手背上沁出了鲜血却浑然不觉。

阿龙直想大声呼喊，又怕乱了军心，只得在心中一遍又一遍问自己：怎么办，怎么办……

突然，二人听到了马蹄声，待看清那马背上的女子是阿果时，都惊诧万分！

阿果打马来到帐前，翻身下马，见二人神色异样，似乎预感到什么，径直问道：“竹郎呢？”

阿龙用手指了指营帐。

“不会的，竹郎不会有事的！”阿果流着泪从营帐里出来，靠在哥哥阿龙的胸前。

“阿果……”阿龙哽咽着，想安慰妹妹，却说不出话来。

“中此毒箭，真的就没有办法了？”阿果泪流满面。

阿龙点点头，“医生说，断肠之毒无药可救……”

阿果哭着摇头：“不，我不相信，不相信……”就是此时，她似乎感觉眼前一亮，一个念头油然而生，“有了，找师父去，竹郎的师父九真一定有办法！”

“对，去空空谷找九真师父去！”阿龙大喊一声。

这似乎是唯一的希望了。尽管如此，它却是那样令人鼓舞。

于是，由那宇照看竹郎，阿龙阿果兄妹骑着马向空空谷飞驰而去……

4·穷桑之食

一株巨树，枝叶覆盖数里，四周瑞霭飘飞，五色祥云环绕。树下是烟波浩渺的银河。

水波中美丽的黄娥乘着兰舟缓缓而来，那兰舟之上挂着帆，帆上的玉铃铛发出悦耳的声响，和着黄娥手中的玉笛，仙乐飘飘。

九真在树下等候已久，见黄娥到来，连忙深深施礼。

“你从哪儿来？”黄娥开口问他。

“我乃下界修行之人，我的师父是赤松子。”

“哦，原来是赤松子的徒儿。有什么事儿，你就说吧！”黄娥很干脆。

九真又施礼：“我的徒弟被恶人所害，中了断肠之毒，思来想去，斗胆来向仙师求一枚穷桑之果，我那徒儿兴许还有救。”

“断肠之毒，无人可解。”黄娥秀眉微蹙。

“啊，无人可解？”九真的声音都在颤抖。

“对，上至九霄，下至黄泉，谁都知道断肠树毒乃是无解之毒。”黄娥想了想，指了指巨树，透过那密密的枝叶，可见一枚枚金光闪闪的桑葚。“这穷桑，三千年才结一次果，今日你来，也是大有缘分，也罢也罢，我就送你一枚吧！”黄娥招了招手，一枚桑葚便飘飘悠悠从树上落下来，落在九真的掌心。

“可是，这穷桑之实只能强身健体、延年益寿，若是要救你的徒儿，还需另寻他法。”黄娥说道。

“九真跪请黄娥明示！”九真救徒心切，当真给黄娥跪下了。

“唉，也罢，你那徒儿竹生竹长，有根有本，你何不去那里试试？眼下也只有这条路可走啦！”黄娥叹道。

“多谢黄娥指点迷津！”九真感激不尽，告别黄娥，挥挥衣袖，踏云而去。

5·金竹林

金竹林，竹的海洋！

如波涛般汹涌的竹林，在阳光照射下更显得绝俗出尘、翠色苍苍。

九真踏云而来，落在一片空地上。

此刻，风声入耳，竹叶子哗啦啦直响，仿佛有人在窃窃私语，也仿佛千军万马在嘶鸣呐喊。

九真念念有词，腾空而起。他的身影犹如一股旋风，在竹林上空旋转着。不一会，他又飞身而下，盘腿静坐。

片刻功夫，竹林中风声渐小。九真站起来，对天祷祝："竹郎竹郎，竹生竹长。只为了这牂牁江畔芸芸众生；只愿这牂牁江畔不再有杀戮、不再有斗争；竹郎有难，金竹林不能袖手旁观！"

静默。这一刻，不再有风声，万节修篁停止了摇摆，空气仿佛凝固。

隐隐约约，传来水的声音。

那水声发自于地下，犹如婴儿咂奶，又如细雨穿花。

一时间，所有的竹叶伸展开来，精神抖擞。在阳光照射下，每一片竹叶尖儿上都凝着一颗晶莹的水滴。

不，它们岂止是晶莹，简直是无法言说的纯净。

那些水滴从叶尖滑落，却反弹入空中。无数的水滴仿佛在空中结成了一张网，一股无形的力量将这张网扭成麻花状，阳光之下犹如一颗七彩的水柱。那水柱以不可思议的力量盘旋扭转，竟然凝成一个七彩的水球。

水球渐渐落下。落入九真的掌心时，已是一颗小小的水滴，钻石般夺目而珍贵。

九真眼里泪花闪闪。

九真来到营帐时，只见竹郎紧闭双眼，面如纸白，几近死人。

九真拿出一片竹叶，从葫芦里倒出几颗水滴在叶片上，凑到竹郎唇边。那纯净无比的水滴在竹郎紧闭的唇间停留了片刻，慢慢浸到他口中去……

大家皆屏住呼吸，紧张到极点……

竹郎的眼睛微微一动，由紧闭而慢慢睁开……他的眼前先是一片模糊，终于渐渐变得清晰……呵，怎么这么多人围着我？竹郎挣扎着要坐起来。

“醒了醒了……”众人一片欢呼。

九真深深地吐了一口气。阿果也喜极而泣。

6·河东河西

“我说，都过去好几天了，怎么一点动静也没有？”咼嬴心中总觉得不踏实。

“嗨！你，放心。能解、断肠草、之毒、的人，还、还没从、娘胎里出、来呢！”光光光烂醉如泥，斜着眼睛，口水淌也下来。他趴在桌子上，不一会就打起呼噜来。

“报……”一个小兵跌跌撞撞地跑进来，被椅子绊了一跤，差点撞到咼嬴身上。

“你他娘的报什么报！”咼嬴没好气地吼道。

“报告洞主，是、是这么回事儿，小的前去打探竹家军的动静回来了。天啊，吓了我一跳，他们的首领，就是叫竹郎的那个，根本没有死，活鲜鲜的……当时我以为自己眼花了，瞧了半天，清清楚楚，还真是他！”

“什么！”咼嬴简直不敢相信自己的耳朵，“你说什么？竹郎没死？

怎么可能！除非他有神助！”

“是真的，洞主，我亲眼所见……”小兵生怕咼赢不相信他的话。

“唉……”咼赢瘫倒在地，“这下完了！”

他瞧了一眼呼呼大睡的光光光，不由得怒火中烧，他端起酒碗，将一碗酒泼洒在光光光的脸上。可光光光只是咂了咂嘴，又接着打起呼噜来。

“竹家军的厉害我见识过，他们怎能轻饶我……”咼赢摸了摸自己裹着厚厚一层白布的脑袋，自言自语。“留得青山在，不怕没柴烧！先躲起来再说……”他转转眼珠子，拖着受伤的腿往外就跑，转眼消失在茫茫夜色之中。

“咚咚咚”，深夜时分，谷霄家的大门被擂得震天响。

守门的打开门，只见咼赢一瘸一拐进来，冲着他喊：“快，把你们洞主叫来，我有要事跟他商量！”

咼赢坐在堂上，等待谷霄的到来。他打算在谷霄这里躲一阵子，以躲过竹家军的风头。他正在思量如何对谷霄讲，让谷霄同意他留下，谷霄就急匆匆赶来。

谷霄身后跟着几个打着火把的彪形大汉。

“把他给我捆起来！”谷霄厉声说。

咼赢还没弄明白是怎么回事，就被捆得像个粽子。

“谷霄，你这是干什么？”

“不干什么，我已经下定决心，不再与你同流合污了。”

“好哇，原来你投降了！呸，你小子真不是东西，落井下石的小人！”咼赢暴跳如雷。

“啪！”谷霄跳起来给了咼赢一个大嘴巴。

“我不是东西？”谷霄冷笑，“我只恨自己瞎了眼，居然把你当朋友。”

“你竟敢打我！”咼羸气得翻白眼。

“咼羸，做人不要太坏，不要欺人太甚。唉，世事难料呀……”谷霄数落咼羸，“你咼羸家大业大，我认了；你在我面前充老大，我也认了；甚至你瞧不起我们也春部落，我也认了；可是，你不该糟践那些猴子，我也春部落视若神明的黑叶猴，竟被你当做活靶子！他们是生灵啊！你看见猴子流泪没有？你这个心如铁石的混蛋……”

“少和他废话，干掉他算了！”

“把他杀了，祭我们的黑叶猴！”

“不，把他交给竹家军。”谷霄冷冷说道。

咼羸腿一软，瘫成堆烂泥。

7·情殇

竹郎陪着师父九真走出帐外。

“这几日，你已经好了许多。我要回空空谷。临走之前，送你一样礼物。”九真説着，从葫芦里倾出一样东西，放在竹郎掌心里。

竹郎仔细一看，原来是一枚紫红色的桑葚，那桑葚很大、很饱满，与众不同的是，竟发出道道金光。

“师父，这……”

“竹郎，这是‘穷桑之实’，你与它很有缘呢！吃下它，能增加你的内力。”

竹郎吃下了那枚桑葚，顿时觉得自己浑身充满了力量。他见路边有块磨盘大的石头，一伸手，竟毫不费力将石头举过头顶！

竹郎惊喜不已。一回头，见师父足踏祥云，已经远去。

光光光一觉醒来，天已大亮，找了半天，也不见咼羸的影子。他心里不免疑惑，便找来几个人盘问。

“不知道！”那些人回答。

“不知道？”光光光很郁闷。

“听说是竹郎没死，竹家军很快就打过来了。”有人又说。

“什么？”光光光吓了一跳。“如竹郎真活过来，肯定是九真那老头儿施了妖法！”怔了好一阵，光光光总算想明白了。

一只黑老鸹不知从哪儿飞来，站在树上“呱呱”叫了几声。“我让你叫！”光光光手起箭落，那老鸹一头栽倒在地。“把人马都叫齐，和竹家军大干一场！”光光光发号施令。

两军对阵。毛坎部落为首的是光光光。

远远望去，光光光心里暗暗吃惊：竹郎不但没有想象中的形容憔悴，反而愈发显得精神抖擞。风将“竹”字大旗吹得飒飒作响，竹家军队列整整齐齐，一看就知道纪律严明、训练有素。光光光心中不由发起毛来。

“光光光！”竹郎一扬手，用马鞭子指着他，“你是不是在想，我竹郎明明中了断肠之毒，居然还能活下来！”

“什么话？竹郎，你中毒可不关我的事。”光光光狡辩。

“是吗，不承认也罢，老天自有公道……”

竹郎话音未落，光光光恼羞成怒，抡着一把剑就砍上来。

竹郎不慌不忙，轻轻扬起手中的竹剑。剑之所指，一股巨大的力量直抵光光光的心窝。光光光感一阵寒凉，只觉得好似有一堵无形的墙要将自己压倒。竹郎的内力竟达到如此境界？光光光感到不可思议。前所未有的恐慌朝他袭来。紧接着，光光光手足酸麻，浑身疲软，跌倒在地。

“你走吧！”竹郎网开一面，“你的心里充满了仇恨，无药可医。但看在师父的面上，我不杀你。”

“呸，我要你怜悯吗？我不会认输的，不会的！”光光光并不领情。

竹郎冷冷地看了他一眼，转身离去。

就在一刹那，光光光用尽了全身的力气，腾空而起，手中的剑发出瘆人的寒光，像竹郎刺去！

与此同时，一个轻盈的身影挡在了竹郎前面，轻挥长袖，紫色的袖子将刺剑紧紧缠住，只听“当啷“一声，长剑滚落尘埃。

“你……是霞光！”光光光喃喃说道，声音虚弱至极。

那女子轻轻说道：“不错，是我，可是，我已经不认识你了。”两行清泪潸然而下。

光光光喘息着，他的嘴角渗出一缕鲜血，“我终于明白了，你心里是向着竹郎的……”他冷笑。

霞光不语，只是看着眼前这个既熟悉又陌生的人，使劲不让自己痛苦的泪水流下来。

光光光上气不接下气地看着霞光，终于，捂着脸，低声哭起来。

8·饲猴人

咼赢他投奔谷霄不成，反被关押在一间黑暗的屋子里。

好久，他的眼睛才适应了周围的环境。

一只飞虫不知何时撞进墙角的蜘蛛网里，蹬腿挣扎。可那网异常结实，飞虫被缚住了纤细的足，难以动弹。

因为枯坐无聊，咼赢将这一幕看得真真切切。

终于，那只飞虫筋疲力尽，一动不动了。

咼赢心里竟有一丝莫名的怅惘，他伸出手指，小心翼翼地将蛛网弄破。那只飞虫见有一线生机，拼了命的挣扎，挣脱了牵绊，从窗口爬出去了。

“一只小小的飞虫也如此贪生！”咼嬴眼前不知不觉浮现出那些被自己射杀的黑叶猴。想自己的冷酷，咼嬴闭上了眼睛。“我真不该啊！”他重重地叹了口气。

鼓声喧天，彩旗招展。

谷霄率几名随从赶来。

“竹家军所过之处秋毫无犯，真是仁义之师!”谷霄拜倒在地，“我谷霄愿随时听从竹郎洞主的调遣！”

竹郎连忙下马，将谷霄扶起来，问道：“咼嬴呢？”

“遵照洞主的吩咐，已经将他放了。”谷霄忍不住夸赞，“洞主真是大气量啊！对了……”他好像想起什么，从怀里拿出一方绢帕递给竹郎，“这是咼嬴托我转交的。”

竹郎展开绢帕，念道：“……咼嬴蒙竹家军宽大，得以残喘。万分惭愧，无颜面对，仅修书一封，聊表心意。想当初不知生命之可贵，不知自由之难得，妄听人言、挑起祸端，实乃咎由自取，今悔之晚矣。从此后，愿做一饲猴人，虽粗茶淡饭，却品五味人生……”

山崖上筑起一座小小的茅屋。咼嬴一身粗布麻衣，手提竹篮，将篮中食物投给树上欢蹦雀跃的黑叶猴……

竹王传说·月亮部落

长角的故事

飘渺而不可及

幻化成西天的云彩

泪水　欢笑

皆揉了进去

1·魔王

弯弯的月亮升起来。

部落中偶尔传来一两声犬吠，更显得一片静寂。

月亮山上怪石嶙峋。山中有一洞，名叫月亮洞。而月亮部落则靠着月亮山而建。

朦胧月光下，依稀可见月亮洞口坐着一个半人半兽的东西。

只见他身材高大，毛发直竖，面貌丑陋狰狞。从他的嘴里发出一声尖锐的长啸，这叫声，如同狼嚎一般。

与此同时，一丝乌云遮住了月亮，那月亮不再皎洁，微微泛红，看上去诡异无比。

“爷爷，快看，红月亮！”小女孩阿嘎抬起头来，连声叫喊。

“啊，红月亮！”老爷爷面色惊慌，连忙拿起铜盆，“叮叮当当”地边敲边跑，大声喊着，“魔王来了，魔王来了。”

“魔王来啦！”月亮部落乱成一团，人们聚在一处议论纷纷。

“快，看哪！”有人指着天空。

一朵很大的乌云将红月亮完全遮住了！霎时，人们惊慌失措，小孩子们则在黑暗中吓得直哭。

紧接着，传来了一声尖利的狼嗥，伴着这嚎叫，飞沙走石，天昏地暗。

“魔王！”大家吓得瑟瑟发抖，抱成了一团。

不知过了多久，月亮从云层里露出脸来，又重新散发出皎洁的清辉。一切恢复了原来的样子。

突然，传来小女孩阿嘎的哭声，“爷爷——爷爷——”

“不好，依梭大叔出事了！”大家惊魂未定，一窝蜂的朝哭声发出的方向跑去。

“呜——爷爷不见了。”小女孩坐在地上痛哭。

“魔王把依梭大叔掳走啦！”众人惊叫。

浑沌魔王洞。滴水潭边。

“滴滴答答”，泉水发出玉佩一样悦耳的声音。

光光光坐在潭边，独自想着心事。他低下头，呆呆地瞧着水潭里自己的影子，那是一个丑陋无比的怪物，他咧开嘴巴，那怪物也裂开嘴巴，一对尖利的长牙发出白森森的光。

他大吼一声，劈掌朝水潭打去，影子裂成碎片。

竹家军一路浩浩荡荡。

“大哥，你看……”那宇指着远处的山头，“那座山上有个月亮洞，听说，这地方就叫月亮部落。”

“月亮部落？这个名字好有趣！”阿果很好奇，“姐姐你看，”她对一旁的霞光说，“那洞口真像个圆圆的大月亮！”

霞光一袭紫衣，衬着她明眸皓齿，显得俊美非常。

前方一片荒凉。地里长满了枯草，路上一个人影儿也看不到。偶尔，一条狗闪过，也是夹着尾巴鬼鬼祟祟的样子。

“这是怎么啦？”众人满腹疑惑，面面相觑。

那宇让人好不容易找来一个月亮部落的中年男子，将他带到竹郎面前。

“这里为何如此荒凉？”竹郎问。

“唉，一言难尽呀，洞主。我们这里，原先可是个好地方，土地肥沃，人也很勤劳，日子过得还好。可一年前，不知从哪里来了个魔王，霸占了月亮部落，大家从此遭了殃，养的牛马牲畜渐渐被掳了个精光，因为，只有喝牲畜的鲜血，那魔王才能保持法力。而如今……”那男子停下了，呜呜哭起来。

“大哥不要伤心，你接着说，有难处我们竹郎洞主为你们应对……”阿龙说。

那男子用衣袖揩拭了一下眼泪，“可是，到如今，他开始抢人……”

“什么？抢人？”竹郎“霍”地站起来。

2·长角神

整整一年，月亮部落就再也没有下过雨。

骄阳似火。

“鬼师”身着白袍，小女孩阿嘎怀里抱着一只大公鸡紧随其后，部落里的男女老少神情专注地跪在座石像前。石像，只是颗牛头。

“鬼师”披头散发，喝了一口酒，嘴里喷出一股蓝色的火焰。他闭目，念念有词，围着石像转了几圈。

一名汉子过来，将阿嘎手里的公鸡接过杀掉，用以祭树。

“神哪，大伙儿没有活路了……”鬼师哆哆嗦嗦地磕头。

众人祈祷，磕头。

片刻之后，石像旁边的大树一阵摇摆。一朵云飘来，在树梢上洒下细细的雨丝，雨丝闪着金子般的光辉。

顷刻间，大树发出绿芽，绿芽很快长成一片浓荫。大树变得生机勃勃。

“神显灵喽！”人群欢呼。

夜晚，小姑娘阿嘎静悄悄地来到石像下叩拜。

“求求大神，救救我爷爷！我好想他……”阿嘎边哭边说。

月亮在黑云里若隐若现，发出瘆人的红光。

阿嘎仰着头，看着那红月亮，眼里充满了仇恨。

黑云遮住了月，天地间一片黑暗。黑云里伸出一只爪子，一把将阿嘎抓住，阿嘎拼命挣扎，无济于事。

突然，一道金光闪过，大神现身了。

他那牛角像两把利刃，射出两道寒光。

魔王发出惨叫，爪子一松，阿嘎从半空中落下来，早已吓晕了。

3·粮草·大雾

这一夜，风很凉。

霞光寻了一处僻静的山坡坐下，从怀里摸出一个花荷包，荷包里，装着她心爱的泥哨。

霞光将泥哨放在唇边，悠扬的乐声立刻在夜色中弥漫开来。

就在此刻，天边滑落了一串流星。

霞光并未在意，直到她发现远处燃起的火光，才发现自己刚才看到的不是流星，而是火箭。

“不好！粮草！”霞光明白，起火之处是军队的粮草。

“奇怪，这火烧得好蹊跷啊！”回到营帐，霞光还在猜度。

“好险，一旦粮草被烧，我们将寸步难行！”竹郎说道。

“莫非，是他？”霞光暗忖，她摇了摇头，“应该不会，他怎么会如此绝情……不过，不是他，又会是谁呢？”

浑沌魔王洞。

“啊，好疼！”浑沌为光光光疗伤。只见他吐出一颗蓝色的内丹，绕着光光光周身走了几圈，闪烁着忽明忽灭的蓝色火焰。

党参精眼睛发直，因为，那是他的内丹。

党参精急切地跪了下去：“求求魔王开恩，把内丹还我吧！”

“什么？”浑沌不耐烦地揉了揉鼻子，“别这么小家子气，我用用怕什么。你放心，早晚会还给你的。”

党参精垂头丧气。

浑沌指着党参精说：“你打起精神来好不好，嗯？”

党参精抬起头挺起胸，努力使自己看起来精神些，可不知咋搞的，还是显得垂头丧气。

浑沌摩拳擦掌，打着小鼓唱起歌来：“我的徒弟啊，名叫光光光，不要小看他，练了通天神功。法力很吓人，不信你试试。这回可好了，竹郎跑不成！”

唱完，浑沌扭着肥胖的腰肢，呵呵傻笑起来。

早晨，竹家军一觉醒来，惊奇地发现四周大雾漫天。那雾无边无际，将天地裹得严严实实，人们即使面对面，也是只闻其声不见其形。

雾很常见，但这场雾实在太邪，整整三天，还未散去。

“我的大雾怎么样？魔王？”光光光问道。

“不错！这样一来，竹家军寸步难行！”浑沌很开心。“先困得他粮草耗尽再说！”

4·快乐之光

空空谷。

“伯奇，伯奇……”九真将手中拂尘抖了抖，轻唤伯奇鸟。

“决呀”，红嘴巴伯奇应声飞来，轻轻落在九真的肩头。

“竹郎在月亮部落有难，你去帮帮他。”九真捋了捋胡子。

伯奇鸟叫了一声，振翅而去。

“报，洞主，粮草已经不多啦！”

“报，洞主，那宇统领带人出去收集粮草，已经两天了还不见回来，估计是迷失了方向！”

竹郎走到营帐外面，只见四周渺渺茫茫，什么也看不清。

正在焦虑之际，耳畔忽听得“决呀”一声鸟叫。

“是伯奇鸟！”竹郎抬头朝高处望去，可眼前白茫茫一遍。

“决呀”，又是一声。

这回，竹郎看得很清楚，红嘴巴伯奇鸟边飞边叫，所过之处，一缕夺目的阳光穿破了浓雾。

“伯奇，伯奇……”竹郎连身呼唤，伯奇鸟飞落在竹郎的肩头，接着又停在他的掌中。“伯奇，你怎么来啦？是师父让你来的么？他老人家可好？”

竹郎当然知道伯奇不会回答他，他清楚是师父让伯奇来救他，心头充满快乐和感激人之情：“是快乐的伯奇来救我们了，谢谢伯奇，谢谢师父！”听着竹郎的话，伯奇鸟的眼睛一眨不眨。

“决呀，决呀……”

伯奇快乐的叫声，仿佛是一只无形的手，将大雾一点点撕开，一点点驱散。终于，浓雾无影无踪，阳光洒遍大地，人们又看见了久违的碧空。

5·撒豆成兵

“你是何方妖魔？竟然祸害生灵！”面对魔王，竹郎厉声喝道。

魔王并不答言，而是抄起手中的竹筒朝空中撒去。“哗啦啦啦”，豆子如雨点一般落下。

“恐怕是妖法。”有人猜测。

果然，魔王念念有词，地上的豆子呼呼窜向天际，如同长了翅膀，不住飞舞。

天昏地暗中，那些豆子居然发出一种嘶吼，如人声！

豆子变成了人！

一群手执兵器的黑衣人，不顾一切地朝竹家军扑来！

竹家军何曾见过此等妖法，纷纷败退。

那些黑衣人以迅雷不及掩耳之势，迅速攻破了竹家军的阵法，

突然，平地一声巨响，一道金光过处，众人皆惊呆了。

天际边，神的长长的牛角，发出耀眼的光芒！道道金光发散出环状

的波光，就像水面上的涟漪，越来越大，形成一个光圈。光圈之内，所有的黑衣人全都不再动弹……

后来，黑衣人不见了，魔王不见了。甚至神，也不见踪影。

仿佛什么也没有发生。

6·长角苗

大家都在冥思苦想一个谜。“要把身翻，角儿弯弯。”

“这是神给我们的暗示。”竹郎说。

“我猜出来啦！”阿果一拍手，高兴地跳起来。

“你猜出来啦，快说来听听。”阿龙说。

“对了，你们还记不记得，神是靠什么打败了魔王？是靠他头上的长角啊……”

大家你看看我，我看看你，对阿果的话将信将疑。

“如果我们带上同样的头饰，是不是一样可以打败魔王呢？”——阿果接着问。

“咚，咚，咚”，人们擂起了大鼓，为竹家军助阵。

火把熊熊，竹家军每个人的头上，都戴了弯月形头饰，就像长长的牛角。

又是一阵飞沙走石，魔王撒豆成兵。

这回，那些黑衣人刚跑到竹家军跟前，就现了原形。

魔王见势不妙，却已无力回天。因为，他看见头顶的月亮，是那么明亮。明月使他惊慌失措，无处可逃。

“决呀”，伯奇鸟不知什么时候飞来，绕着魔王飞了几圈。

“伯奇！”魔王怔怔地看着伯奇，竟然低下头，伤心地哭了。

“魔王，你的死期到啦！”月亮部落的人在怒吼。

他们将箭递给阿嘎：“阿嘎，给你爷爷报仇！”

阿嘎的箭带着仇恨，射中了魔王的胸口。

他倒下了，慢得几乎是一种夸张的姿势。

7·诀别

“当啷”，一个泥哨从魔王身上掉下来，跌落尘埃，断成几截。

霞光一眼看见了泥哨，心跳得厉害。

紫色的衣衫随风翻飞，霞光提着剑走到魔王跟前。

每一步，都那么艰难。

“大师兄？”四目对视，霞光明白，是他，是霓光！那熟悉的眼神，一辈子也忘不了。

“你，来啦？”魔王用尽了全身的力气，挤出一丝苦笑，倒下了。

竹郎很是吃惊：“你说什么？他是大师兄？”

“竹郎师弟……”魔王知道自己快死了，要解脱了。

“师兄，这是为什么呀……”竹郎将魔王抱在怀中。

魔王的声音越来越弱：“如果这些，都是一场梦，该多好！可是，人生没有，如果……一步走错，步步走错……”魔王看了一眼已哭成泪人儿的霞光，“师妹，别恨我……”

一座坟。墓碑上写着“师兄霓光之墓”。

“师兄，我要回空空谷了……来给你道个别。”霞光的神情落寞。但那墓中之人，再看不到，再也听不到。

“这回，他终于不再痛苦了……”一旁的竹郎盯着墓碑。

“他练了至阴至毒的所谓神功，一心想打败你，可是却走火入魔……”霞光痛苦地闭上眼睛，泪水不觉滑落，“这都是他咎由自取，罪有应得！”

蓝天白云下，溪流淙淙，野花盛开。

“决呀”，伯奇鸟快乐的展开翅膀，朝天边飞去。

竹王传说·牂牁部落

故乡

是梦中的春夏秋冬

生命

像蔷薇一样

像秋叶一样

像荼蘼一样

像沙粒一样

如歌　如茶

1·越娘

春光烂漫，鸟儿叫了，杜鹃花又开了。

几名女子在林间小路上游玩。

为首的妇女白白胖胖，浑身珠光宝气，却裹不住一身的俗气。几个丫鬟跟在她身后。

几个人来到一户人家门口，听到里面传来的欢笑，那中年妇女不禁皱了皱眉头。

虚掩的柴扉轻轻一推，就开了。

“原来是洞主夫人！”主人家赶紧上前招呼。

“我要的蜡染呢？”洞主夫人颐指气使地问道。

“哦，这个……”主人家低下了头。

“喂，怎么吞吞吐吐的？”一个丫鬟问。

“时间实在太紧，一时还做不好。”主人家如实回答。

洞主夫人生气了，脸上的肥肉哆哆嗦嗦，“你们听听，她说的什么话！”

“洞主夫人是看得起你们，别不识抬举！”

“当初可是牂牁部落收留你们！”洞主夫人冷冷一笑，扬长而去。

娜莎进屋，气呼呼的一言不发。

“娜莎，你怎么啦？”越娘顾不上抬头，她蘸着碗里的蜡，在布上描画图案。

“哼，什么洞主夫人，就会刁难人。”

越娘笑了：“别生气，尽早做好送过去就行了。”一边说，一边忙着手里的活计。

“越娘，歇歇吧，”娜莎走过去，将越娘的手握住，“你的眼睛会受不了的！”

越娘无可奈何地看着娜莎，叹了口气：“唉，有时候，我倒情愿自己什么也看不见。那样，我就不用去看自己不想看的东西。”说完，她走到门口，抬起头，呆呆地看着天空中飘浮的云朵。

“越娘，难道，你就真的没想过要离开这里？”娜莎拉住越娘的手，轻声问道。

“离开？不，既然命运安排我在这里……”

“可是，自从我们来到这里后，就没有少被洞主夫人刁难！”

“有些事情，你是不会懂的。”越娘幽幽地说着，轻轻抚摸着院中的一棵香樟树，“十三年了……”她闭上眼睛，陷入对往事的回忆之中……

2·花娘

几天之后，娜莎将一幅蜡染交给洞主夫人花娘。

花娘将蜡染布展开，摊在桌上，只见上面的花朵栩栩如生，有的含苞欲放，有的已然盛开，花中似乎带着香气，连飞舞的蝶都栩栩如生。

“真美！“

“你看，那花好像还带着露珠！”

“啊，真绝了！”

丫鬟们在一旁称赞。

花娘面无表情地盯着蜡染布，这些话让她勃然大怒：“都给我滚，滚出去！”

众丫鬟悻悻退下。

花娘一把将绣品抓起来丢到地上，使劲儿在上面踩了几脚，“我让你美，让你美！”

这是不同寻常的一天，牂牁部落的大小头目齐聚一堂，因为，他们的洞主明郎将要宣布一个重大的决定。

一番沉默过后，明郎洞主开口了：“大伙儿都到齐了吧？”他用颤抖的手将一颗石头大印举起来，“这颗印，跟随我二十年了。从我的祖宗开始，这颗印就从未离开过牂牁部落。唉，多少代啊……”

这时，底下的人已经嚷成一片：“洞主，不就是竹家军吗？难道咱们还怕他们不成！”

“啪”，明郎将石印重重地放在面前的长案上。

大家都闭上嘴巴。

明郎接着说：“我心里比谁都有数！牂牁江边十大部落，竹家军收服了八个！而今是兵强马壮，无人能比。”

人群中出现了小小的骚动，不过，很快又安静下来。

“所以，我打算派人将石印送过去，向竹家军表示我们的诚意。”说完，明郎小心翼翼地将石印装在一方精致的匣子里。

晚上，花娘亲手端来了酒菜。

“洞主辛苦一天，来，喝点儿酒，尝尝我做的菜。”花娘笑吟吟地说。

“你总是想的那么周到。”明郎的心情好了许多。

一杯酒下肚，明郎却迷糊起来，他发现自己的手脚都不听使唤。接着，他眼睁睁地看着花娘把他身上装有石印的匣子拿出来，他心中着急，却又无能为力。

“洞主啊，你可别怪我，这大印是我们牂牁部落的宝贝，怎能送给别人！我花娘可是不愿受管制的人……”

明郎听得清楚，却说不出话来，眼睁睁看着花娘拿着匣子走了。

“啪”的一声响，房门落了锁。

3·竹王水

山势凶险，怪石嵯峨，尤其是那山崖上的巨石，摇摇欲坠，仿佛随时都会滚落下来。

“此处好凶险，须小心慎行。”竹郎与那宇和阿龙商议。

那宇和阿龙连连点头。

“传令下去，退后两百步安营扎寨。”竹郎说，又叮嘱，“一定要加强警戒，以防牂牁部落偷袭。”

竹郎可能已经感觉到，一场灾难即将来临。

“我让你准备的东西呢？”花娘慢悠悠地喝了口茶。

“按照夫人的吩咐，都准备好了。可是……”那位头目欲言又止。

“可是什么？”

“虽说竹家军是在咱们的下游，夫人的计策万无一失。可是，那江中的鱼类生灵必定受害……”

“哼，竹家军若是打过来，这牂牁部落都保不住，还有心思管河里的生灵！”

夜幕降临，几名牂牁汉子借着夜色的掩护，抬着大木桶，来到江边，将桶中的黑色液体倾入江中。

顿时，江面水花翻腾。不久，许多鱼鳖翻了白肚皮。

“造孽哟！”大家面面相觑，不住叹息。

竹家军的营地里，一片呻吟！

“哎哟，肚子好痛！”许多士兵抱着肚子，在地上打滚。

竹郎在江边走来走去，急得团团转。

“大哥，水里被投了毒！”那宇指着江面上漂浮的鱼类。

“喝了江水的兄弟们不行了。”阿龙气喘吁吁地跑过来。

“可怜这些无辜的生灵。”那宇捞起一条鱼，气愤不已。

“如此滥杀，天理难容！”竹郎气愤地说。

一道闪电划破天际，霹雳一声，仿佛连上天都发了怒。

一个年轻小伙口吐白沫，气若游丝。

“小兄弟，小兄弟！”竹郎将他紧紧抱在怀里。

“兄弟，醒醒……”阿龙抱着另一个士兵，那士兵也不行了。

“这毒可有药能解？”竹郎找来军中的医生询问。

“倒是有一味草药可以解毒，可没有水，拿什么来熬药？”医生无奈地摇头。

竹郎心中憋闷，一把抽出腰间的竹剑，大喝一声，使劲往旁边的巨石劈去！

巨石被一破两半，只听轰隆隆一阵巨响，一道金光耀得人睁不开眼睛，随之，一股清泉从石罅中喷涌而出！

“水！”

“有水啦……”

这股泉水不但解渴，而且还能解毒强身，竹家军喝了这泉水，个个精神抖擞。

“这水是上天所赐！”士兵们纷纷议论。

“这是我们竹王的福气！”

从此后，那被竹郎劈开的巨石，常年水流不竭，人们都把那股水叫做“竹王水”。

4·再回首

“嗖，嗖，嗖”，无数支带着尖锐响声的响箭划破夜空，炸开了朵朵火花。

“看，是进攻的信号！”士兵们仰头高呼。

竹家军气势逼人，很快攻破牂牁部落的大门。牂牁部落不战而降。

监房里光线黯淡，一盏油灯飘忽不定，人的影子如鬼影般迷离。

花娘迷迷糊糊睡着了。

突然，她被一阵脚步声惊醒。

站在她面前的女子，竟然是越娘！一个令她不敢面对的越娘！直到这时，她才终于不得不承认，在越娘的身上，有一种让她汗颜的美，美得端庄而又从容……

更令她想不到的是，陪伴在越娘身边那个英俊威猛小伙，正是竹王！

"越娘！你怎么会在这里？你怎么会和竹王在一起？"花娘披散着头发，手抓住木栏，声嘶力竭。

越娘不语，只是默然地看着花娘。

"啊，如果没猜错的话，这位竹王，就是当年你捡的那个孩子吧？早知今日，当初就该把他丢到江里淹死，淹死……"

"花娘，你太聪明了，聪明得过了头。"越娘终于开口，"女人渴求金钱和权力，难免会利欲熏心，最后落得个让人唾弃的下场。这世界上，只有一样东西是女人必须拥有的，那就是——善良。"说完，转身离去。

"越娘！"明郎认出了越娘，他鼓起勇气，喊了一声。"越娘"二字，曾经挂在嘴边，藏在心底，如今喊来，却恍如隔世。

越娘缓缓回头，默默地看着眼前这个男子。原来，岁月可以让一个人在心里生根，只是，当这个人在许多年后出现在你眼前的时候，你才发现，他已经不是他了。

越娘默默看了明朗片刻，转身离去。

她不再回头。

她的耳畔，回想起当年明郎的话语，"你走吧，我不会回头的！"而今，她也同样的在心里默默说，"明郎，我也不会回头的，我们，都已经回不了头……”

天边现出一片火红的云霞。

往事如烟。当年，就是这样的一个傍晚，年轻的姑娘越娘从江水中捡回一个婴儿。

“有些事情，应该让你知道了。”越娘从怀里摸出一块锦帕，交给竹郎。

那是一块写满了血字的绢帕：

“我有一子，生于金竹。父死沙场，汹汹乱世。洛姆强盗，毁我家园。儿弃竹筒，盼得存活……”

竹郎手持绢帕，热泪滚滚。此时，他心中更加明白，部落间的纷争和战乱，只会给人们带来无尽的痛苦与灾难。而要消除这样的痛苦，让大家过上安宁太平的日子，部落的统一是唯一选择。

竹王传说·洛姆部落

纷争之后

满地黄沙

宽容

让心儿放晴

仇恨　只能是荆棘

快乐　却能让全世界开花

1·饕餮神像

秋收时节。

宽阔的打谷场，一排排高耸的晾架上，挂满了丰收的金灿灿的稻谷。

谷场中央，是一尊高大的木雕像，无身，唯有一大头和一张大嘴，周生肉翅——乃是“饕餮”。

一群人正围着那雕像载歌载舞。女人身穿彩裙，显得婀娜多姿；而男子则一身青布衣，宽大的直筒裤，头顶上扎了个鬏髻，那鬏髻只蓄在头顶，四周剃得溜光。

一个年长的男子比划了一个手势，嘴里喊一声，立刻土铳齐鸣，震耳欲聋。

硝烟散去，年长的男子率众跪在雕像前，喃喃祝告：

一叩首，谢天地风调雨顺，保佑我洛姆部落谷粮满仓。

二叩首，谢祖先神灵庇佑，使我洛姆部落人丁兴旺。

三叩首……

浑沌与党参精躲在一棵大树后面，看着眼前的情形。

只见男男女女黑压压跪了一片。

“祖先神灵在上，我滚多犁有大事禀告。竹家军占领了牂牁江九大部落，拥其首领为竹王。从来牂牁江畔各部落都是各自为政，互不相干，我堂堂洛姆部落，仰仗祖先的赫赫威名，绝不能屈服于竹家军。”说完，年长男子朝一旁的鬼师点头示意。

鬼师拿出一块龟甲，念念有词，占卜一番。

“讨战竹家军，乃祖宗旨意。”鬼师宣告。

“好！”看到这儿，连浑沌都觉得热血沸腾了。他突然从大树后面出来，竟吓了洛姆人一跳。

“哪里来的怪模怪样的家伙！”人们交头接耳。

“怎么，你们不认识我？”对于众人的议论，浑沌并不舒服，“不过，没关系，我相信我们会成为好朋友，而且会合作愉快……”

“你到底是谁？”滚多犁走近浑沌。

浑沌拍了拍滚多犁的肩膀：“我是你的朋友，绝对是朋友！”

“什么，朋友？”滚多犁不信任地瞧着他。

“竹郎那小子是我的敌人，绝对的敌人！”浑沌说。“现在清楚了吧？”

“哦？”滚多犁有点明白了。

“‘敌人的敌人就是朋友！’你可别小看这句话。它将对你有大大的帮助！”浑沌很善于总结。

“对对对，”滚多犁完全明白了，“照你这么说，咱们就是朋友？”

“当然是朋友，绝对是朋友！”党参精连连附和。

2·洛姆人来了

“大哥，如今牂牁江九大部落初定，咱们总算可以松口气了。”那宇的眼睛里闪烁着喜悦的光芒。

“我看未必。”一旁的阿龙摇了摇头，“有人来报，洛姆部落不服竹王，蠢蠢欲动。”

“你是说洛姆人？”竹郎眼里倏地闪过一些忧虑。

他心潮起伏：洛姆人，终于来了？

洛姆人果然来了！

滚多犁骑着马走在最前面。身后是乌压压的洛姆军，引人注目的是他们肩上扛着的先进武器——土铳！土铳张开黑洞洞的大口，仿佛要吞噬什么。浑沌与党参精也加入了他们的队伍，他俩走在最后，算是压阵。

“嗖嗖嗖”，突然，一阵箭雨从天而降，洛姆人措手不及，一阵骚乱。

“开火，开火！”滚多犁惊惶地大叫，几个士兵漫无目标的朝天放了几土铳。

又一阵箭雨，射来的箭都抹了桐油，“吱吱”燃烧着，火光冲天而起。

洛姆人辨不清东南西北，有的被箭射中，有的衣服上着了火，狼狈四散。

那宇率兵埋伏在高处，洛姆人一进入山谷便遭到火攻。先进武器土铳也施展不开，只得逃命。

“竹家军厉害，厉害！”滚多犁呼哧呼哧地喘着粗气。

一个头目上前禀报：“洞主，只剩下一半人马了……”

“什么！”滚多犁差点从马上跌落下来，“哇呀，气死我了！我洛姆部落可从来没有吃过这么大的亏！”

“洞主别急，要从长计议，从长计议。”浑沌上前劝解。

“你能有什么办法？”滚多犁急得揪着下巴上几根稀稀拉拉的胡子。

浑沌并不回答，只是扭了扭屁股，唱起歌儿来：“牂牁江水呀，波浪翻呀翻。两边有大山呀，夜山和郎山。山高林又密呀，山路弯又弯。咱们在山上呀，谁也找不见。居高又临下呀，多好的条件！”

“对，对，居高临下，易守难攻。好主意！”滚多犁咧开大嘴直乐。

洛姆人很快占据了夜山、郎山。这两座山高大雄奇，滚多犁占山为王，不断骚扰牂牁周边部落，抢走牛马、掠夺人口，向竹王挑衅。

竹郎身披白色披风，骑“白风”，来到了郎山脚下。他仰首观察，但见两边林木葱葱，山势如削。夜山、郎山两座山相对而立，中间是狭窄的羊肠小道。

“地势果然险要。洛姆人占据了有利地势。可能是得到什么人指点吧？下一步怎么办呢？”竹郎边行边想。

灯下。

竹郎与手下主要将领商议破洛姆人之计。

“洛姆人占据险要之处，易守难攻，不好办啊……”有人说。

“可是，也不能看着他们就这样肆虐下去。”阿龙说。

“你们来看，”竹郎摊开了羊皮地图，“这里，还有这里，这几处十分险要之地，如果硬攻，定要吃大亏。不过，你们看这里，”他指了指地图的另一处，“这里，是唯一的薄弱点！”

众人的眼光集中在那一点上，异口同声地说：“后山！”

“对，后山！”竹郎胸有成竹。

3·羊角计

坝子里聚集了密密麻麻的人群，他们手里都牵着羊儿，羊叫声响成一片。

那宇朝人群拱手道谢：“乡亲们，谢啦！”

“攻打夜山与郎山，就靠这些羊了！”竹郎一脸兴奋。

漆黑的夜。天上没有月，也没有星。

山洞里传来吆五喝六、划拳行令的声音。

一些人围着桌子大吃大喝。

“来，干！”滚多犁与浑沌、党参精端起了酒杯。

洛姆人占据了夜山和郎山，抢掠附近的牛马和粮食，闹得周边几个部落苦不堪言，而对于滚多犁来说，这样的日子却很滋润。

“洞主好酒量！”浑沌奉承道。

突然，一个汉子破门而入，“不好了，竹家军来了！”

“哐啷”，党参精受到惊吓，手中的酒杯落在地上。

滚多犁等人跑出去一看，山下如同繁星密布。

那些亮点正渐渐朝山上靠近。

“哼，让他们来！”滚多犁咬牙切齿，命令道，“把人马都给我集中过来，等竹家军走近了再打，这回，让他们尝尝土铳的滋味！”

滚多犁万万没有想到，竹家军竟会给他来个“声东击西”，他将人马全部调过来，准备迎击正面进攻的“竹家军”，却没有想到竹家军的主力已经悄无声息地开到了后山。

一排排土铳露出黑洞洞的枪口，很是吓人。

终于，亮点近了。

“尝尝我土铳的滋味吧！”滚多犁一扬手，顿时，火铳齐鸣，硝烟阵阵。

“奇怪？这竹家军就这么不经打？”眼看着对方没什么动静，甚至连喊杀声都没有，浑沌不禁纳闷儿。

“咩咩，咩咩”，突然，一群羊子冲了过来，头上的两只灯笼犹自晃个不停。

滚多犁看着眼前的羊群，只觉眼前一阵发黑……

上大当了，什么“竹家军”，原来是一只只咩咩叫的羊子，而那些亮点不过是羊角上挂着的灯笼。

还没等到滚多犁重新把人调集起来，那宇率领的竹家军已经从天而降，砍瓜削菜般冲过来，直杀得洛姆人鬼哭狼嚎！

党参精吓得往地里一钻，溜了。

对于滚多犁来说，就像一场噩梦，他还没弄清楚怎么一回事，就晕晕乎乎地输掉了。

接着，他又晕晕乎乎地被浑沌用一阵红光带到了浑沌魔王洞。

滚多犁从来没有这样伤心过，鼻涕眼泪都下来了。“就这样完啦？我不甘心！我的兄弟们呀，我的人马呀！”他捶胸顿足。

“别哭啦，”浑沌说，“眼泪哭干也没用呀！”

滚多犁瞪了一眼浑沌，“你还说风凉话？”

浑沌笑起来，坐在椅子上，翘起二郎腿。“我是笑你傻，唉，傻。”

“你是什么意思？”滚多犁怒气冲冲地站起来。

浑沌蓦地化作一团红光，绕着滚多犁飞来飞去飞了几圈，直弄得滚多犁晕头转向。他唱道：“上古有蚩尤呀，落脚在荒蛮。不服黄帝约束，大战涿鹿原。宁死也不屈呀，地覆又天翻。魂魄凝成饕餮，饕餮大名显。”

浑沌拍了拍滚多犁的脑袋：“唉，你怎么就没想到老祖宗呢？”

竹家军人马装备整齐，准备向洛姆部落发起最后的进攻。

“孩子，”越娘走到竹郎的面前，轻声说道，“你，已经决定了吗？”

“是的，阿妈，我已经决定了，放心吧！”

阳光洒满了他的全身。

4·曾经涿鹿

很久很久以前，世界上还是蛮荒一片。

黄帝说，谁能把地治理好，就把帝位传给谁。

于是，祸与修就与黄帝的儿子一起治理地。

可是，祸与修太天真了，他们怎能争得过黄帝的儿子，怎能争得过黄帝。

于是，黄帝将他俩都变成了穿山甲。

事情并没有完，因为祸有个儿子，名叫蚩尤。

蚩尤有八十一兄弟，还有个死党，叫刑天。

涿鹿，是黄帝的行宫。就在那里，蚩尤来复仇了。后面，跟着他的兄弟，还有刑天。

可是，黄帝早已布下天罗地网。

“血流漂杵”，八十一个兄弟的鲜血，流成了河。

最后，还剩下一个刑天。

刑天持斧，黄帝使剑，从天上打到地下，从西南打到中原，从中原打到东南。

后来，又打到常羊山。

突然，一道剑光闪过。剑光在刑天颈部绕了三圈。“咔嚓”一声，常羊山被黄帝的剑一分为二。

刑天的头颅被砍掉，紧接着常羊山合二为一，将刑天的头颅压在山底。

那头颅说，我刑天不能死，否则如何向我的兄弟蚩尤交代？

黄帝置酒祭拜，不由得叹服。

突然间，他看到倒地的刑天又立起身来，顶天立地。

5·梦回

饕餮神像前，滚多犁痛哭流涕：“老祖宗啊，你老人家的儿孙已经被别人给欺负得不行了，眼看着洛姆部落要完蛋了呀！”

“显灵吧，老祖宗啊！”

“轰隆隆”，电闪雷鸣，仿佛大地都在颤抖。

“轰隆隆”，又是一声霹雳。

红光缭绕处，一个巨人出现了，铜头铁额，顶天立地。

“啊，我的天，我的大神！”

浑沌吓得连滚带爬，一把拽住还在发呆的滚多犁：“还不快跪下！”

巨人发出一声叹息。他的叹息虽然是轻轻的，在滚多犁等人听来，却像打雷一样。

“你们来听听我的故事吧！”巨人幽幽地说着，“很久以前，具体有多少年，我也记不清了。我只记得，那时候，人们都叫我蚩尤……”他的眼睛望着远方，穿越了时光，回到了遥远的从前……

一个顶天立地、铜头铁脑的巨人，似乎顶着了天；他的眼睛就像两盏灯；他的全身散发着钢铁般坚硬的气息。

他跪在炎帝的面前：“炎帝，我们被赶到这偏远的西南方，你难道就一点儿也不难过？”

“而今天下安定，我为什么要难过？”

“可是，黄帝他……”

“黄帝统一了中原各部落，老百姓能安安宁宁过日子。这难道还不够吗？”

蚩尤并不服气，还想辩解。

“好了，你出去吧。”炎帝朝他挥了挥手。

涿鹿。

战鼓声，厮杀声……甚至夹杂着霹雳闪电。

应龙与旱魃；大雾与指南车；三苗，夔龙鼓……

“炎帝的话说得很明白，可惜我并没有听进去，我就是不服气炎帝，凭什么要听他的啊！我带着自己铜头铁脑的兄弟，还有不服黄帝统治的各路魑魅魍魉，在涿鹿与黄帝展开了一场大战。那血呀，流成了河，把一切都染红了。我的兄弟们，可怜他们死得那样惨！直到那一刻，我才感到自己是多么愚蠢与可笑，多么狂妄与自大。我发动的这场战争，到头来不过是我闹下的一场惊天动地的大笑话。我想起了刑天，知道吗，他是一个勇士，可他是不应该那样轻易死去的，我的兄弟，是我害了他……再后来，上天将我的魂魄变成了怪兽——饕餮。记住，战争只是贪婪者的借口，它只能给人们带来灾难。唉，只要闭上眼睛，我就会想起那场战争给人们带来的灾难，三苗，夸父族……”

滚多犁与浑沌怔了半晌，终于回过神来。

“可是，大神，如今……”

“部落统一、老百姓安居乐业，有什么不好？”

一道闪电划过，一切又复于寂静。

滚多犁揉了揉眼睛，刚才，是一场梦么？

洛姆部落，有人在大声宣读：

“传竹王令，竹家军所过之处，不得惊扰百姓，务必秋毫无犯；竹王还下令，将所有俘虏一律释放，让他们回家，重建家园。若有违令者，军法处置！”

竹王传说·尾声

霞光发髻高挽，手拿拂尘，一袭素裙，静静地站在山坡上。她的身边，开满了洁白的百合花。

红红的落日，渐渐落山了。

霞光望着那落日，脸上露出平静地微笑。她的耳畔，似乎又响起一阵缠绵悦耳的泥哨。

“决呀”，伯奇鸟儿飞来，落在霞光的肩膀上。

归墟。

九真一袭白衣，银须飘飘。“弟子谨遵使命，传正道、扬正义，而今竹王建业，百姓得以安居，特来复命。”

赤松子面带微笑，满意地点了点头。

浑沌正在唱歌。很孤独、很忧伤：“我有俩徒弟呀，一个也不剩。剩下我一个，光杆司令。光光光上了西天呀，都是我的错，党参精偷偷溜走呀，投奔了九真。唉，天要下雨，娘要嫁人。”

牂牁江畔，山歌悠悠，歌曰：

“云间一水来，呼作牂牁江。
江水绿如蓝，环山绕清流。
斗转星移中，地灵山毓秀。
春秋几百载，世事自悠悠。
竹郎竹中生，阿母泪沾襟。
越娘来哺养，茹苦又含辛。
幼年逢不测，洪水来相侵。
翻山复越岭，辗转失音讯。
伏地叩九真，幽谷传清音。
天得一生清，人得一生根。
坎坷走正道，沧桑育乾坤。
众望所归日，捧起新日轮。
红日照牂牁，江面无风波。
竹王坐牂牁，统领各部落。
真心赞英雄，山歌一坡坡。”

竹郎统一了牂牁江周边各部后，建立了一个统一的部落联盟，号称“竹王”。斗转星移，这个竹王部落联盟历经几百年，逐渐演变。西汉初，传至竹王多同这一代，自立为夜郎侯，这就是夜郎国的雏形。公元前135年，汉武帝遣唐蒙入夜郎，招抚多同，并于公元前131年在其地置数县，汉对西南夷的经营从此开始。